KB182637

레드불 스파

레드불 스파

설재인
소설

[한국] 현지현　VS　**[태국] 쌈루타**

Round	목차	Score
1부	잽과 카운터 그리고 훅	7
2부	니와 엘보, 킥과 딥	193
3부	스텝과 클린치	205
	작가의 말	225

1부

잽과 카운터 그리고 훅

01

"세상 멸망하는 한이 있어도 이겨야 한다고. 내가 이 시합 잡으려고 얼마나 고생했는지 현찌 네가 더 잘 알잖아. 네가 말아먹으면 다 끝이야."

지현은 대꾸 없이 체중계 위로 올라갔다. 푸른빛 디지털 숫자가 이리저리 움직이더니, 48.70에 멈추었다. 계약 체중인 48킬로그램보다 700그램이 더 나가는 상태. 계체량까지는 앞으로 열 시간. 금수와 금식만으로 빼기에는 조금 버거운 무게였다.

"아, 맞다. 협회장이 아까 오전에 왔다 갔거든? 초대권으로 부를 연예인 없냐고 그러던데?"

"언니도 알다시피 내가 연예인 지인이 어디 있어. 다 손절 때렸는데."

"그렇지 않아도 내가 그 새끼한테 그랬거든. 아니 회장님, 우리 현지현 선수는 복싱에만 집중하느라 연예계와는 연 끊은 지 오래인데 연예인은 무슨 연예인입니까. 그랬더니 뭐라고 했는 줄 알아?"

"뭐."

"같이 그룹 하던 멤버들은 오지 않겠느냐고. 그렇지, 그 개저씨, 결국 어리고 예쁜 여자 옆에 앉히고 경기 보고 싶은 거지. 미친놈. 그래서 내가, 현지현 선수는 그 친구들이랑 연락 안 한대요, 했더니 이번엔 뭐라는지 알아?"

지현은 승유의 이런 화법이 진절머리 나게 싫었다. 하고 싶은 말, 그냥 하면 어디가 덧나나. 왜 꼭 질문을 던진 후에 지현이 오답을 내길 기다리면서 눈을 반짝일까. 그런 화법이 유효했던 건 오래전 영상통화 팬사인회 정도까지였는데. 그때야 눈앞의 승유가, 그리고 승유를 비롯한 팬덤이 원하는 게 뭔지 잘 알았으니 맞춰 줄 수 있었다. '머리 비고 자신을 사랑하는 척을 잘해 주는 여자'. 머리 살살 굴려 귀여운 오답을 일부러 내줬지. 하지만 지금은 들을 때마다 그저 짜증이 솟구칠 뿐이었다.

그러나 대답은 해야 했다. 이번에도 역시 지현은 승유에게 간도 쓸개도 빼 줘야 하는 위치에 있으니까. 지금은, 제자로서.

"…뭐라고 했는데."

"'강승유 관장이 싫어서 안 부르는 거 아니야? 강 관장처럼 억세고 덩치 큰, 남자 같은 여자는 예쁜 여자들 보면 막 패고 싶잖아.'"

"언니, 성대모사 잘하네? 체육관 때려치우고 그쪽으로 나가는 거 어때?"

"그러면서 덜덜 떠는 척을 해. 씨발, 난 그 노인네 중풍 온 줄 알았네…."

그만, 이제 그만. 지현은 체중을 재느라 벗었던 웃옷을 다시 꿰어 입고는, 체중을 재기 전 승유가 건네준 명함을 들어 흔들며 승유의 말을 잘랐다.

"언니, 진짜 여기 아무도 없는 거 맞지?"

"말했잖아, 절대 없을 거라고. 근데 현찌 너, 왜 일부러 말 돌려? 그런 구시대적인 말 듣고 화가 안 나? 왜 화 안 내? 너 설마 지금 나 무시….."

"어어엉, 방금 하려구 그랬지. 씹새끼 개새끼 찢어 죽일 새끼."

지현은 얼른 허공을 향해 빠르게 욕설을 뱉었다. 물론 목소리에 영혼은 딱히 싣지 않았지만. 그러자 승유가 지현을 덥석 안고서는 속삭였다.

"아직도 사리분별을 제대로 하지 못하는 멍청이… 나 없으면 어떻게 될까….."

지현은 자신을 단단히 묶은 승유의 팔 너머로, 손에 든 명함을 내려다보았다. 20년은 더 되었을 법한 누런 종이에 촌스러운 폰트로 적힌 '레드불 스파'. 한때는 김포공항에 드나드는 외국인 관광객 덕에 꽤 성황했다는, 그러나 동네 재개발이 중단되어 영 장사가 되지 않게 되어 버렸다는 곳. 감량을 내내 힘들어했던 지현의 마지막 수분을 탈탈 털어 내기 위해 승유가 사흘 밤낮을 뒤져 찾은, 서울 시내에서 가장 외지고 텅 빈 찜질방이었다. 요 근래 사흘 내내 손님이 개미 한 마리도 없었다나.

승유는 카운터를 지키는 사장에게 웃돈을 조금 준 후 그 어떤 손님도 더 들이지 않겠다는 약속을 받아 냈다고 했다. 지금 지현은 거기 가서 밤새도록 마지막 700그램을 빼고 다음 날 오전 9시의 계체량에 참가할 계획이었다. 아니, 지현의 계획은 아니지. 승유가 짜 준 스케줄이었다. 지현은 그저 시키는 대로 하는 인형일 뿐.

그때 양복을 입고 노트북 가방을 든 중년의 회원님 하나가 체육관으로 들어오더니 관장님 안녕하세요, 하고 승유에게 인사를 했다. 승유의 팔에서 비로소 풀려난 지현은 잽싸게 자리를 피했다. 회원님에게 절이라도 하고 싶은 심정이었다. 승유 역시 얼른 가라는 뜻으로 손을 털었다. 그렇지, 강승유는 지현이 자기 아닌 사람과 말 섞는 것에 극도로 경기를 일으키는 인간이었다. 그리고 지현은 그 욕망에 부응해

줘야 했다. 승유의 요구에, 승유가 만들어 놓은 현지 현이란 틀에 자신을 끼워 맞추지 못하면 남는 건 파멸일 뿐이니까. 지금 자신을 원하는 이가 승유밖에는 없으니.

군이 이렇게 살아야 하나 싶긴 하지만.

체육관을 나와 앱으로 택시를 불렀다. 아마 자신을 알아보지 못할 나이대의, 백발이 성성한 기사가 와서 안심했다. 그러나 그것도 잠시. 기사는 자꾸 지현의 신경을 긁었다. 추워 죽겠는데 멋대로 창문을 열었고, 자꾸만 뭐 하는 아가씨냐며 신상을 캐려 들었다. 너무 예뻐 며느리 삼고 싶다, 내가 20년만 젊었어도 대시했을 거다…. 지현은 바짝바짝 타는 목을 가다듬으며 애써 친절하게 굴었다. 그러자 기사는 이번엔 자기 아들 사진을 들이밀며 소개팅을 하지 않겠느냐 물었다. 사진 속, 40대 후반쯤 되어 보이는 아저씨의 얼굴에 지현은 소스라쳤으나 불쾌함을 비치지 않기 위해 애쓰며 대답했다. 아아, 기사님 말씀대로 정

14

말 호감형이시네요. 이어 내비게이션이 바로 읊조렸다. 잠시 후 목적지 부근입니다.

"기사님 저 여기서 내릴게요."

"아직 멀었는데?"

"아아, 남은 길은 걸어가려고요."

당신이랑 같은 공간에 있기 싫어서요. 속으로 중얼거렸다. 그러나 그 중얼거림이 끝나자마자, 갑자기 몸이 홱, 왼쪽으로 내동댕이쳐졌다. 핸들을 확 꺾은 기사가 이상한 골목으로 들어서고 있었다. 내비게이션이 지시한 방향이 아니었다.

"아가씨랑 드라이브 좀 더 하고 싶어서. 잘 데려다줄 테니까 걱정하지 말라고요, 응?"

기사가 느물거렸다. 지현은 뒷문을 열려 했으나 잠금을 풀 때마다 탁, 소리를 내며 운전석에서 다시 문을 잠갔다. 저 미친 새끼가. 지현은 기사를 노려보았다. 주먹이 근질거렸다. 척 봐도 배만 나온 노인네, 한 대 치면 나가떨어질 거였다. 그러나 그래도 될까? 이제 겨우 재기의 기회를 마련했는데, 이틀 후면 세상이 바뀔지도 모르는데, 그런데 이 짧은 순간을 참지 못해 그 모든 기회를 날려 버린다면 얼마나 더 불행해질 것인가?

하지만 지금 이건 납치의 순간일 수도 있는데, 그럼 때려도 되는 거잖아. 지현은 속으로 중얼거렸다. 합리화의 게이지가 차오르고 있었다. 20퍼센트, 30퍼센트, 50퍼센트….

"아가씨, 착하네. 얼굴만큼 마음씨도."

한참 안으로 더 들어가던 기사가 비상등을 켜며 택시를 세웠다. 행인 하나 없는 을씨년스러운 골목이었다. 내비게이션이 말하던 '목적지'로부터 얼마나 왔을까. 기사가 창문을 내리며 말했다.

"담배 한 대 태우고 가자. 아가씨, 착하게 조금만 기다려, 응?"

기사는 그렇게 말하며 창문을 내렸다. 그리고 거의 동시에 뜨끈한 액체가 지현의 얼굴에, 특히 눈꺼풀에 잔뜩 튀었다. 눈을 질끈 감을 수밖에 없었다. 씨발 뭐야. 저 변태성욕자가 침이라도 뱉었나. 지현은 속으로 욕을 뱉으며 손등으로 눈꺼풀을 한참 문질렀다. 그런데 냄새가 이상했다. 이게 무슨 액체야, 왜 철 비린내가 나지. 생각하며 눈을 떴다.

열어 둔 창문을 통해 들어온 머리 하나가, 기사의 목을 자근자근 깨물고 있었다. 붉은 핏줄기가 튀어 올라 이번엔 지현의 광대 쪽에 안착했다.

02

[서울 및 수도권 전역 원인 불명의 괴생명체 발생. 시민들께서는 외출을 삼가고 후속 조치를 기다리시기 바랍니다.]

지현이 택시 문을 열고 레드불 스파를 향해 꽁지가 빠져라 도망쳐 온 게 오후 3시경이었는데, 6시가 되어서야 첫 재난문자가 도착했다. 지현에게는 딱히 유의미한 시간대가 아니었으나 대다수의 직장인들에겐 날벼락일 터였다. 불금, 퇴근 시각에 딱 맞춘 재난문자. 어떻게 집에 가란 거냐, 퇴근하여 버스에 타고 있는 사람은 어쩌라고 이런 문자를 보내냐, 최초 신고는 2시였다는데 왜 이렇게 늦었던 것이냐. SNS에 그런 반응이 끝없이 올라오는 중이었다.

　"어쩌라는 거야….."

　지현은 누더기 같은 찜질복 아래 손을 넣어 배를 긁으며 그 글들을 확인했다. 핏줄기가 튀었던 광대를 문질렀다. 얼굴 가죽을 뜯어 버릴 기세로 벅벅 세수를 하긴 했다만 아직도 비린내가 나는 것 같았다. 스파의 바닥은 처량하게 낡아 버렸지만 그래도 제법 절절 끓었다. 승유의 호언대로 안에는 개미 한 마리 얼씬거리지 않았다. 여기저기가 뜯어진 안마의자나 오른쪽 구석에 줄무늬가 가서 찌그러진 영상이 송출되는 티브이, 머리 두는 곳만 변색된 베개와 수상한 얼룩이 가득한 매트들. 스파에 들어오기 전부터 동네 자체가 어디 지방 읍의 망한 오일장 현장처럼 을씨년스럽다고 느끼긴 했지만, 어엿한 영업장 안까지 이럴 줄이야. 땀 빼러 왔다가 없던 역병도 걸려 나갈 것만 같은 분위기였다.

　3년 전만 하더라도 천하의 현지현이 이런 데 왕림하시리라고는 아무도 상상하지 못했을 텐데. 그러나 사실 지현은 이런 환경에 익숙했다. 이제야 내게 어울리는 장소로 돌아온 걸까? 그런 생각이 들 때마다 애잔하게 버려진 스파 내부가 꼭 자기 처지같이 느껴지기만 했다. 무엇보다 타일에 낀 초록색 점액질의 꼴이 자꾸만 떠올라, 이 후텁지근한 찜질방의 공기 속에서도 소름이 돋았다.

*

택시 기사가 초록색 얼굴의 괴생명체에게 습격당하자마자 지현은 도망쳤다. 운전사의 목을 물어뜯는 괴생명체의 겨드랑이 아래로 팔을 집어넣어 뒷좌석 문의 잠금을 푼 후 그대로 차를 빠져나왔다. 괴생명체 서넛이 지현을 쫓아왔다. 상황을 파악할 여유조차 없이 냅다 뛰다 레드볼 스파라는 간판을 보았다. 우습지, 쫓기는 와중에도 저기 들어가야만 한다는 확신이 들었다. 승유가 지정해 준 목적지니까. 저기 가 있지 않는다면 승유의 기대를 저버린 셈이 되니까. 스

20

파의 문에는 '오늘 휴업합니다'라는 팻말이 걸려 있었다. 웃돈 주고 대관했다는 말이 거짓은 아닌 모양이었다.

스파의 카운터에는 허리 굽은 노인이 앉아 있었다. 노인이 도망갈 새도 없이 좀비에게 물리는 동안 지현은 일단 여탕이라고 표시된 쪽으로 돌진했다. 화장실에라도 들어가 문을 걸어 잠근 후 숨을 돌릴 심산이었다. 눈앞의 스파는 조용했으나 등 뒤는 쫓아오는 괴생명체들로 시끄러웠다. 지현은 여자탈의실을 그대로 지나, 여탕으로 들어가는 무거운 유리문을 밀어 열고서는 다섯 걸음 전진했다.

뒤따라오던 근육질의 괴생명체들이 비명을 지르기 시작한 것이 그때였다.

지현은 뒤를 돌아보았다. **그것들이 녹고 있었다.** 칠판을 손톱으로 긁는 듯 끔찍한 초고음의 비명을 지르면서, 고체의 성질을 잃고 액화되어 허물어지는 중이

21

었다. 그러고는 천천히, 점액질의 잔해가 되어 현란하고 촌스러운 타일 무늬의 오목한 부분에 때처럼 끼기 시작했다. 더는 움직이지 못했고 더는 위협적일 수 없었다. 여기까지가, 지현이 레드불 스파의 여탕을 지나 찜질방에 무사히 안착하게 된 과정이었다.

*

그러나 재난문자나 낡은 티브이로 방영되는 뉴스를 보아하니, 사람들은 괴생명체가 녹을 수 있다는 사실을 아직 잘 모르는 모양이었다. 아무래도 한겨울이니까 발견이 늦나. 지현은 자신이 우연찮게 알게 된 괴생명체의 특징을 어디에라도 제보할까 싶었다. 하지만 곧 손가락을 멈추었다. 연예계 은퇴 후 지금껏 한 번도 인터넷에 글을 올린 적이 없었다. 이 사람이 현지현이다, 를 들킬까 두려워서였다. 아니, 조금 더 명확히 표현하자면, 공손하게 입 닥치고 있는 현지현의 모습을 모두가 원했기 때문이었다. 뉘우치며 자숙하지만 재기는 꿈도 못 꾸는 싸가지 없는 여자애. 그 이미지에서 조금이라도 벗어나서는 안 됐다. 그래서, 마음을 털어놓을 친구도 동료도 없는데 글조차 쓰지 못했다.

그렇게 목소리를 잃었다.

'참숯방'에 들어가 누웠다. 왠지 황토방이나 수정방보다는 바닥이 좀 더 깨끗한 것 같았기 때문이었다. 아무래도 숯이니까, 살균 효과가 있을 테지 싶기도. 지현은 여자탈의실 구석에서 발견한 낡은 찜질복차림이었다. 빨아 둔 것인지 아니면 이전에 찜질방을 이용한 누군가가 입다 대충 벗어 둔 건지 알 수 없었으나, 만약 이런 상황이 오래 지속된다면 일단 옷이 더러워지지 않도록 아껴야 한다, 라는 판단 아래 갈아입었다. 이곳에서 마침내 나갈 수 있게 될 때―그때가 언젠지는 모르지만―꼬질꼬질한 차림으로 사람들 앞에 설 수는 없으니까. 온몸이 근지러운 것 같았으나 찜질복의 쾨쾨한 느낌도 숯으로 퇴마될 수 있지 않을까, 말도 안 되지만 절박한 기대를 가졌다.

눈을 감으며 기도했다. 이대로 다시는 깨어나지 않게 해 주세요, 하고. 매사 냉소적인 지현이 가장 절실해지는 순간이었다.

누워서 눈만 감으면 언제나 옛날 생각이 났다. 데뷔는 나름 핫했다. 시대착오적이라는 말을 들을 정도로 촌스러운 청순가련 콘셉트의 아이돌 그룹이었는데, 오히려 수요가 있었다. 팬사인회를 할 때마다 장화 신은 고양이 같은 표정으로 남자 팬들의 온갖 요구를 다 들어주었다. 그 장면을 담은 숏츠로 바이럴을 타며 인기몰이를 했다. 멋대로 행동하며 팬의 인내심을 시험하는 MZ 세대 아이돌이 넘쳐나는 시대에 그야말로 독보적인 콘셉트였다. 무명 시절 없이 곧바로 좋은 커리어를 쌓았고, 굵직한 광고를 몇 개나 찍었으며 중소 기획사에서 나온 기적적인 성과로 대대적인 주목을 받았다. 요즘 애들 같지 않은 순수함. 사람들이 그룹에 대해 주로 하는 평가였다. 하얀 시골 똥개처럼, 사람 한번 물 줄도 모르고 뭘 줘도 다

감사해하며 꼬리를 프로펠러처럼 흔드는 순수한, 혹은 멍청한 여자애들.

그건 프로듀서가 바란 바이기도 했다.

자아를 버려, 너네 자아가 뭐 그리 대단한 것도 아니고, 골 빈 애새끼들일 뿐인데. 그러니 그냥 버려, 자아를 버릴 때마다 쩐이 쌓인다고 생각해. 연습생 시절부터 내내 들어온 말이었다. 눈앞의 사람이 원하는 대로 행동해, 그 원칙을 어기는 순간 나락이야. 기억해, 자아는 그릇이 되는 애들만이 가질 수 있는 거야. 그리고 너희는 그런 그릇이 아니야.

그 당시 지현은 정말로 말을 잘 들었다. 온갖 격렬한 춤을 다 소화하는 댄스 담당 멤버였지만, 혼자 격하게 춤을 춰서 청순해 보이지 않는다는 악플을 보고서는 바로 몸의 힘을 뺐다. 비주얼 멤버의 옆에 붙어 시녀처럼 챙겨 주라는 지시에도 기꺼이 응했다. 유복한 멤버들 사이에서 홀로 가난하게 커 왔지만, 그래서 영어 한마디를 하지 못했지만, 그 애들이 서로 영어로 얘기할 때 입꼬리에 쥐가 나도록 웃어 보였다.

사인회에서는 팬이 한 마디 할 때 세 마디로 거들었
다. 실제로 만나면 가장 상냥한 멤버라는 평이 지배
적이었다.

　그랬는데도 결국엔 자신이 가장 먼저, 걷어 내야만
하는 불순물이 되고 말았다.

　지방 행사 무대를 하고 내려올 때 남자 스태프가
내민 손을 지현이 사납게 쳐 내는 영상이 떴다. 영상
은 눈 깜짝할 사이에 인터넷상에 퍼졌다. 억울했다.
너무 추근대기에 최대한 정중히 거절한 제스처였는
데. 게다가 다른 멤버들은 스태프들에게 자신보다 훨
씬 심하게 굴곤 했다. 저렇게 행동해도 아무런 타격
이 없나 싶을 정도로. 그럼에도 자신만 욕을 먹었다.
할복을 한 다음 내장을 칼날에 꿰어 널어놓는 방식으
로 죽어도, 다들 그걸론 모자란다며 고개를 흔들 것
만 같았다.

　기획사에서는 지현이 과도한 스트레스로 우울증을
앓고 있으며 치료 중이라는 입장을 냈다. 그러나 사

람들은 더 날뛰었다. 우울증이면 다냐? 더 우울했다 간 사람도 치겠어? 팬들은 지현의 포토카드를 불태우는 인증샷들을 남겼다. 지현에게 하등 관심이 없던 사람들조차 한마디씩 거드는 듯했다. 직전까지 누적된 사랑보다 한순간에 먹은 욕이 훨씬 컸다.

아주 나중에 승유가 원인을 나름대로 분석해 주었다. 센터에서 지고지순한 춤을 추는 미소녀에게 할당된 운명적 역할을 너는 거스른 것이라고.

그래, 그거였다. '할당된 운명적 역할'에는 사아가 없다. 그러니 상대가 원하는 대로 행동해 줬어야 했다. 특히나 힘도 인기도 부족하니 더더욱. 아마 다른 멤버들처럼 부모에게 돈이 많거나 권력이 있었더라면 자숙 정도로 마무리되었을지도 모른다. 그러나 지현에게는 아무것도 없었다. 말 잘 듣는 어린애의 말로랄까?

어쨌거나 지현의 이미지는 그렇게 나락으로 향했다. 간과 쓸개를 모두 내줄 것처럼 굴던 남자 팬들 역시 모조리 등을 돌렸다. 기획사만큼은 방패 노릇을

해 줄 줄 알았는데 그들이 먼저 계약 해지를 요구했다. 선심 쓰는 것처럼 위약금은 청구하지 않겠다고도 말했다. 한마디로, 그룹에 해 끼치기 전에 얼른 꺼지라는 얘기였다.

지현은 죽는 게 낫다고 생각했다. 강승유가 없었다면 정말로 죽었을지도 몰랐다. 물론 살아 있는 지금이 나은지는 잘 모르겠지만.

승유는 지현이 데뷔한 직후부터 공방이며 팬사인회며 온갖 행사에 빠지지 않고 얼굴을 비춰 익숙해진 언니 팬이었다. 남성 팬층을 노린 콘셉트의 그룹이라 여자 팬이 거의 없었기에 처음부터 눈에 띄었는데, 다른 멤버들에게는 무관심한 티를 노골적으로 내면서 지현만 좋아하는 이른바 악성 개인 팬이라 더 튀던 인물이었다.

승유가 왜 자신에게만 그토록 꽂혔는지는 알 수 없었지만, 그 사랑의 충실함은 누구도 의심할 수 없었다. 논란이 터지고, 활동을 중단하고, 결국 탈퇴를 '당하는' 동안에도 승유는 지현에게서 등을 돌리지 않았다. 세상 전부가 자신을 버렸다는 생각에 집에 처박혀 SNS에 자기 이름만 연신 검색하던 지현에게 승유는 몇 번이고 디엠을 보냈고, 결국 밖으로 끌어내 밥을 먹였다. 사흘 만에 먹는 밥이었고 승유는 지현이 사람들의 눈치를 보지 않도록 단독 룸까지 예약해 주었다. 그리고 바로 그 자리에서, 다시 사랑받을 수 있는 방안을 귀띔했다.

"여덕이 없던 게 문제야. 여초 팬덤이었다면 이런 건 문제도 아니었을 텐데. 오히려 더 결속됐을 거야. 네 잘못 없어, 개저씨들이나 좋아하는 청순 콘셉트로 데뷔시킨 회사가 씹새라고. 여덕 타깃팅해서 다시 시작하면 돼, 응? 오히려 이게 기회라고."

"아니야. 내가 멍청했어. 내가 사람들 기대를 저버렸어."

"그 기대를 조정하면 되는 거지. 바보처럼 자기주장도 하지 못하는 롤리타를 바라는 새끼들을 타깃으로 한 게 문제였다니까? 나랑 같이 재기하자. 강하고 멋진 여성상을 새 목표로 잡으면, 타깃도 바뀐다고."

"됐어. 그냥 죽을래. 죽고 싶어."

지현은 엉엉 울었다. 그러면서도 자신에게 죽을 용기가 없다는 것을 잘 알았다. 그래서 승유의 제안에 결국에는 고개를 끄덕였다. 눈물 젖은 얼굴을 한 채, 언니 말을 다 들을게, 여덕을 만들어 줘, 하고 말했고, 걸음마를 시작하기 전부터 여자 아이돌 덕질을 해 왔다는 승유는—승유는 여러 인터넷 커뮤니티를 넘나들며 20년째 이름을 떨치고 있는 케이팝계의 네임드 덕후, 일종의 거물이기도 했다—지현의 손을 꼭 잡고서는 눈을 빛내며 대답했다.

"현찌, 정말로 언니가 하자는 대로 다 해 줄 수 있어? 뭘 하자고 해도 다 따라와 줄 수 있어?"

지현은 팬사인회에서처럼 손깍지를 끼며 고개를 끄덕였다. 어차피 집에 처박혀 방바닥만 긁고 있는 것보다는 잔뼈 굵은 은인의 말을 듣는 게 맞으니까.

그게, 지현이 승유가 운영하는 복싱 체육관에서 훈

련을 시작한 이유였다.

원체 댄스 담당 멤버인 만큼 운동 센스가 좋았으므로, 시키는 대로 몇 년을 정진하다 보니 어느새 지현은 국내 선수들을 상대로 5전 5승을 거두고 이제 국제전까지 앞둔 프로 복서가 되어 있었다. 복싱이란 게 한국에선 워낙 비주류인 종목이다 보니 팬덤이 기대만큼 활발히 형성되지 않는 것이 문제라면 큰 문제였지만. 관심을 주는 이들이라고는 한 줌도 안 되는 중년의 격투기 팬들뿐. 수입은 아예 없었다. 햇빛 들어오는 원룸도 이제는 지나치게 호화로웠다. 승유가 소속 선수 지원이라며 매달 생활비를 쥐여 주지 않았다면 진작 아사했을지 몰랐다.

이럴 거면 왜 나를 살렸느냐며 만취해서 승유에게 따진 적도 있었다. 그러니까, 이런 식으로 한탄을 하면서. 결국 남의 일이니까 언니는 항상 그리 쉽게 말할 수 있는 거겠지. 2주 동안 7킬로그램을 빼는 지랄 발광을 매 경기마다 해 보라고. 아이돌 할 때도 그런

감량은 해 본 적이 없었는데. 매일 남자들이랑 스파
링하며 입술 터지게 맞아 보라고. 이럴 줄 알았으면
그냥 추던 춤 계속 추면서 안무가로 나갔지, 그건 적
어도 얻어맞지는 않으니 덜 무서운데. 그렇게 버티며
노력하는데, 근데 왜 아직도 이렇게 힘든데?

그러자 승유는 시큰둥하게 대답했었다. 스우파 이
후로는 안무가도 연예인이야, 그래서 나락 간 연예인
은 그거 못 해. 그러고는 말을 이었다. 전국구 원톱으
로 따지자면 이미 배우 복서도, 의사 복서도, 트로트
가수 복서도 있으니("야, 심지어 그 모두가 여자라고!")
아직 성취가 부족하다고, 적어도 아시아 타이틀은 달
아야 하지 않겠느냐고. 그리고 물었다.

"현찌 너는 항상 내 앞에서 꼭 죽는다, 죽는다 하더
라? 너 내가 진짜로 죽게 내버려둘까?"

다음 날, 정신을 차린 지현은 승유에게 싹싹 빌었
다. 다행히도 승유는 관대하게 고개를 끄덕이며 용서
해 주었다. 그러면서 말했다. 지금부터 내 말 잘 들으
면, 이런 것도 어디 나가서 떠들 수 있는 재밌는 일화

가 될 거야, 그치? 근데 듣지 않으면, 네 인생 두 번 망가지는 또 한 번의 계기가 되겠지.

그래, 직시하자. 승유는 유일한 자신의 편이자 네임드, 그리고 사랑의 화신이었다. 승유의 조언이 틀릴 거라고는 상상도 할 수 없었다. 승유는 지현의 미래에 대해 언제나 지현보다 더 진심으로 보였고, 행동력도 눈부셨다. 지금도 이런 메시지를 보내온 참이었다.

[쌈루타 방금 입국함.]

[(사진)]

[존나 꽁꽁 싸매고 왔네. 걍 어디서 좀비한테 물려라 샹년아.]

승유가 보내 준 사진을 지현은 가만히 바라보았다. 자신과 주먹을 섞을 상대, 쌈루타가 롱패딩에 푹 파묻힌 채 입국하는 중이었다. 승유는 그 상대를 확인하겠다고, 괴생명체가 판치는 이 난국에 인천공항까지 꾸역꾸역 간 거였다. 오로지 지현을 위해서.

솔직히 그 사실보다는 '샹년아'라는 세 글자가 훨씬 맘에 들긴 했지만. 일종의 대리만족이랄까.

쌈루타. 39세. 열 살에 처음 무에타이 링에 오른 이후 지금껏 무에타이로는 200전 100승. 복싱은 그 나이에 놀랍게도 겨우 1전 1승. 10년 전의 무에타이 경기 영상만 몇 개 있을 뿐 그 외의 별 정보는 검색의 달인인 승유조차도 찾아낼 수 없었다.

그런데… 빡빡 민 머리와 두피 위 선명한 도마뱀 문신은 뭐람?

왜 저렇게 세 보여?

배가 꾸르륵거렸다. 지현은 새우처럼 굽힌 몸을 바닥에 딱 붙였다. 뱃가죽에 열기가 닿으면 좀 나아질까 싶어서였다. 지긋지긋한 대장. 전직 아이돌이자 '미소녀 파이터'인 현지현이 긴장만 하면 지독한 설사를 유발하는 과민성대장증후군에 시달리고 있다는 사실을 승유 말고는 아무도 알지 못했다. 지현은 푸후 하고 한숨을 내쉬었다. 핸드폰을 발치에 던져 놓고서는 눈을 감고, 승유가 10년 전 영상을 보며 분석해 준 쌈루타의 약점을 어떻게 파고들지 계속해서 시뮬레이션을 돌렸다.

복싱계로 뛰어든 이후, 가뭄에 콩 나듯 있는 인터뷰 때마다 지현은 '스포츠맨십'을 강조해 왔다. "링 위에서 서로를 죽일 듯이 싸우면서도 종료 벨이 울리면 두 팔을 크게 벌리고 얼싸안잖아요. 그게 복싱의 가장 멋있는 점이죠." 승유가 지어 준 대사였다. 하지만 개뿔. 사실 지현은 매 경기의 상대가 정해지자마자 그의 사진을 핸드폰 배경화면으로 설정해 놓고서는 매분 매초 여유가 날 때마다 눈알이 뻑적지근해지도록 노려보곤 했다. 그러다 극심한 복부팽만에 시달리고, 곧 물똥을 주룩주룩 쌌다. 두근거리는 심장보다 더 세게 박동하는 아랫배를 꾹 누르며 고통에 몸부림쳤다.

지현은 다시 핸드폰을 주워서는, 승유가 보내 준 쌈루타의 사진을 크게 확대했다. 마침맞게 진동이 울렸고, 승유가 수화기 너머에서 빠르게 상황을 브리핑했다. 전국에서 동시다발적으로 사람들이 괴생명체로 변하고 있음, 좀비라는 스테레오타입에 딱 걸맞은 특색—가령 초록색 얼굴이나 울퉁불퉁 일그러져 발

음이 제대로 되지 않는 입 모양 등—을 가진 것 같음,
좀비의 이에 물리면 곧바로 똑같은 괴생명체로 변하
게 됨, 이유는 잘 모르겠지만 난방이 잘되거나 습도
가 높은 공간으로는 침입이 더딘 듯하다는 얘기가 나
도는 중, 정부는 아무것도 못 하고 있음, 계체량이 어
떻게 진행되는지 본인이 확인해 다시 연락할 때까지
절대 스파에서 나오지 말 것.

"언니, 그럼 이제 세상 멸망이야? 다 죽는 거야? 아
싸. 개좋아."

"나야 모르지. 근데 일단 계체량은 취소됐다는 얘
기 없어."

"나 보러 오면 안 돼? 차 끌고. 나 무서워."

"안 돼. 여기 협회장이랑 총장이 몇인데. 접대해야
된단 말이야."

"나 배고파. 목말라."

"죽을 지경 아니면 참아, 일단."

통화가 끊어졌다. 지현은 멍하니 핸드폰의 시계를
보았다. 밤 10시. 계체량 열두 시간 전이었다. 무릎으

로 기어가 낡아 빠진 티브이를 틀었더니, 막 속보가 나오고 있는 중이었다. 현장 취재를 나갔던 리포터가 라이브 방송 중에 좀비에게 물리는 사고까지 있었던 모양이었다. 뿌옇게 블러 처리된 자료 화면이 계속해서 되풀이되고 있었다.

꿀꺽, 하고 침을 삼키려는데 목구멍이 쓰라렸다. 48시간 동안 물 한 방울 마시지 못했다. 찜질방에 들어오기 전 탕에서 몸을 씻을 때도 내내 동요를 읊조리며 추임새를 넣었었다. 깊은 산 속 옹달샘 누가 와서 먹나요… 눈 비비는 토끼와 숨바꼭질 노루… 부럽다 쌍….

죽고 싶지만 갈사(渴死)는 싫었다.

이 난국에 정말로 참아야 하나? 지현은 다시 승유에게 전화를 걸었다. 그러자 승유는 장황히 설명했다. 어차피 시합이 이뤄질 코엑스는 난방이 짱짱하니 좀비들이 들어오지 못할 것이며, 협회 주요 관계자들 역시 모두 코엑스와 연결된 호텔에 묵고 있으니 시합에 큰 영향은 미치지 않을 거라고 했다. 한마디로 좀

비가 창궐하든 말든 시합 진행엔 아무 문제 없을 거
란 예상이었다. 열심히 역설하는 승유의 발음이 줄줄
새서 지현은 물었다.

"언니, 술 먹었어?"

승유가 좀비라도 됐을까 두려웠다. 그러나 승유가
답하는 내용은 발음과 달리 명료했다.

"접대한다고 했잖아. 우리 현찌 잘 봐 달라고 협회
장님이랑 한잔하고 있지이. 언니가, 응? 이런 정치질
진짜 싫어하는 거 알지? 근데 오로지 현찌 때문에 하
고 있는 거 알지? 언니 맘 알지?"

잘 알기에 고개를 주억거렸다. 승유가 그토록 싫어
하는, 그러나 지현의 앞날을 위해선 필수적인 '정치
질'의 현장. 그런 현장에서 자신이 어떤 종류의 희롱
을 겪었는지 승유는 이튿날 지현에게 과시하듯 늘어
놓곤 했다. 지현은 그걸 들으며 생각했다. 언니, 그런
건 내게 말했던 주체적인 여성상과는 아주 먼 이야기
잖아. 물론 그런 말을 입 밖으로 꺼내지는 않았다. 그
건 청순가련의 남팬 몰이에도, 걸크러시의 여팬 몰이

에도 해당하지 않는 금기이기에.

같은 자리에 있을 높으신 분 하나가 전화를 바꿔달라 요구한 모양이었다. 승유가 뭐라뭐라 상대를 소개하더니 황급히 핸드폰을 넘겼다. 달그락거리는 소리가 요란했다. 지현은 핸드폰을 귀로부터 반 뼘쯤 떨어뜨렸다.

"아, 아. 우리 미녀 파이터 현지현 선수!"

얼큰히 취한 게 뻔한 인간이 하는 헛소리를 들으며 지현은 또 죽고 싶다는 생각을 했다. 그리고 전화를 끊고 나서야, 그 누구도 계체장에 어떻게 와야 하는지 가이드를 주지 않았다는 것을 깨달았다.

알아서 오란 것이었다.

대중교통은 안전한가? 그럴지도 몰랐다, 어쨌거나 난방이 될 테니까. 하지만 역까지 어떻게 가지? 애초에 그냥 택시를 불러야 하나? 지현은 택시 어플을 켰지만 단 한 대도 근처에 얼씬거리지 않는 중이었다.

머리가 띵해서 다시 자리에 벌러덩 드러누웠다. 서

39

울 극서부에 있는 이곳 레드불 스파에서 코엑스까지
는 대중교통으로 한 시간 반이 걸렸다. 물론 좀비가
없다는 전제하에서 그랬다. 그럼 몇 시간 전에 나가
야 하나? 돌아가지 않는 머리로 계산을 하려 드는데
어디선가 스윽, 인기척이 느껴졌다.

일단 비명부터 지르고 보았다.

03

　지현은 팔짱을 낀 채 눈앞의 쌈루타를 바라보았
다. 덥지도 않은지, 아직도 패딩 차림이었다. 이게 무
슨 운명의 장난인가. 분명 대관했다고 했는데 왜 하
필 그 누구도 아닌 쌈루타가 여기 서 있는가. 물론 카
운터의 노인이 사라지긴 했으나 왜 맘대로 들어오는
가. 외국인이라 한국어를 알지 못할 거라는 편견하에
지현은, 쟤 왜 여기 있어, 하고 입 밖으로 소리 내어
중얼거렸다. 놀랍게도 쌈루타는 그 말을 모두 알아듣
고서는 제법 유창한 한국어로 대답했다. 구글맵 리뷰
왈, 여기가 서울에서 제일 싼 숙소라고 했다는 것이

었다. '숙소'.

잠깐 움찔했으나 내일 피 터지게 싸울 상대방 앞에
서 꼬리를 사리고 싶지는 않았다.

"한국말은 대체 왜 잘하는 건데요?"

일단 존대하기로 했다.

"하민휘 좋아해서."

하민휘. 그럴 법하지. 이른바 '로코의 제왕'인 남자.
아이돌 시절 숍에서 한 번 본 적이 있었다. 수박을 먹
으면서 씨를 스태프의 얼굴에 뱉던 인간. 그 광경에
얼마나 충격을 받았었는지. 그러고는 깨달음을 얻었
다. 아아, 저렇게 성공하면 저래도 되는구나.

"잠깐만, 그런데 왜 반말해요?"

"한국어 못하니까."

"방금 잘한다면서요?"

"존댓말은 몰라. 너도 같이 반말해."

픽이나. 기싸움하는 거겠지, 가지가지 하네. 지현은
적어도 저 인간에 대해서만큼은 기본적인 예의마저
쌈 싸 먹기로 결심했다. 좌우지간 그 정도로 한국 연

예계에 대한 정보가 있다면, 내가 누군지도 얼추 알지 않을까? 지현은 생각하며 쌈루타를 물끄러미 바라보았다. 분명 매치가 성사된 순간 상대 선수에 대한 정보를 열심히 수집했을 텐데, 아마 전직 연예인임을 익히 듣지 않았으려나? 다만 아는 척을 하기 싫은 것일 수 있었다.

코치진이 함께 오지 않았어? 지현이 반말로 묻자 쌈루타는 고개를 저었다. 입국하자마자 모든 관계자들이 자신을 공항철도에 버려두고서는 협회 사람들을 만나러 코엑스로 갔다고 했다. 선수는 뒷전이요, 비즈니스가 우선인 건 저 나라에서도 마찬가지인 모양이었다. 그러니까, 쌈루타는 마지막 700그램을 감량하러 온 지현과 달리, 시합 직전의 하룻밤을 온전히 묵기 위해 레드불 스파를 찾은 상황이었다.

이 주최 측은 시합하는 선수에게 숙소도 제공하지 않는 건가. 지현은 의문이 들었으나 묻지는 않았다. 내일 피 터지게 싸울 상대의 구구절절한 사정 따위들을 여유는 없었다.

그런데, 쌈루타 쟤는 지금 이 판국에 겁이 나지 않는 모양이지. 지현은 물었다.

"근데 너, 여기까지 오는 동안 좀비 못 봤냐?"

그러자 쌈루타는 대답했다.

"아, 그거? 몇 대 패 주니까 안 오던데?"

"팼다고?"

"어. 설마 넌 그게 무서워?"

미쳤냐? 절대 아니지! 지현은 냅다 소리를 지르며 생각했다. 저년, 아무도 안 보는데 기선 제압부터 오지게 하네, 하고. 그러다 땀이 줄줄 흐르는 목덜미를 보고서는, 손가락으로 탈의실 구석을 가리켰다.

"야, 저기 있는 옷으로 갈아입고 와라. 한국의 찜질방에 왔으면 한국 찜질방 옷을 입어야지, 미쳤다고 패딩이야?"

*

확실히 쌈루타는 겁에 질린 표정은 절대 아니었다.

그보다는 경기가 취소될까 전전긍긍하는 기색이 더 엿보였다. 지현은 쌈루타를 흘끔흘끔 훔쳐보았다. 쌈루타가 낡은 찜질복 아래 손을 넣더니 보란 듯 배를 벅벅 긁었다. 분명 아까 자신이 했던 행동 그대로여서, 거울을 보는 것만 같았다. 그러나 순간, 펄럭이는 찜질복 사이로 깊게 팬 복근이 드러났다.

저 복근은 굶어서 생긴 게 아니다. 지현은 바로 알아보았다. 미적 요소를 염두에 두고 만든 자신의 것과는 실루엣 자체가 달랐다. 저 복근은 오로지 지독한 훈련을 통해 생긴 게 분명하다.

쌈루타는 더운지 손부채질을 하며 반소매를 걷어 올렸다. 이번엔 무시무시한 삼각근이 까꿍을 외쳤다. 여기 아무도 없지? 쌈루타는 묻더니 답을 기다리지도 않고 아예 훌러덩 상의를 벗었다. 머리카락이 쭈뼛 설 지경의 활배근이 그 아래 있었다. 죽어라 운동한 게 분명한, 일종의 병기 같은 몸이었다. 박박 민 머리에 완벽히 어울리는.

세상에, 대체 무슨 각오까지 한 걸까.

쌈루타는 주위를 둘러보더니, LED에 표시된 온도가 가장 높은 한증막으로 들어갔다. 지현은 한증막의 문에 달린 창으로 보이지 않도록 앉은 채로 엉덩이만 질질 끌며 근처에 가서는 슬쩍 엿보았다.

"미친."

쌈루타는 거기서 섀도를 하고 있었다. 지현은 입을 딱 벌렸다.

저렇게까지 잘하는 상대였다고?

입으로만 복싱하는 사람들은 잘 모르겠지만, 오랫동안 직접 몸을 움직이며 운동해 본 사람들은 허세와 실력의 차이를 본능적으로 감각한다. 지현은 쌈루타의 섀도를 보자마자 장탄식을 뱉었다. 화질 낮은 경기 영상, 그것도 복싱이 아닌 무에타이 경기 영상만 봤기에 쌈루타의 전력을 제대로 파악한 적은 없는데. 그때 봤던 영상에서 쌈루타는 흐물거렸었다. 빠르지도 않고 주먹 대신 다리만을 주구장창 썼다. 맷집도

약해 보였다.

그런데 이게 무슨 일인가. 저렇게 빠른 주먹과 스텝이라니. 척 봐도 초반에 KO 당할 판국이었다.

배 속이 살살 아파지기 시작했다. 먹고 마신 것도 없는데 왜 이렇게 똥을 싸고 싶은지. 지현은 배를 움켜쥔 채 화장실을 향해 내달렸다. 도기에 앉아서는 또다시 죽고 싶다고 생각했다. 그래도 주룩주룩 속을 비우니 생리적인 쾌감이 일었다. 계체량에는 상당한 도움이 될지 몰랐다.

그래도 그때까지의 지현은 아직 꽤나 순진해서, 좀비를 피해 계체량만 무사히 끝내면 시합을 진행하는 인간들이 자신의 안위를 책임져 줄 거라 믿어 의심치 않았다.

*

오전 6시, 계체량 세 시간 전.

쌈루타는 축 늘어져 코를 골고 있었다. 살을 단기

간에 몇 킬로나 뺐는지는 모르겠지만, 프로필 사진에서 보았을 때 볼살이 통통하고 나름 귀여웠던 것과는 달리 움푹 팬 쌈루타의 볼을 가만히 내려다보던 지현은 숨도 쉬지 않은 채 사부작거리며 짐을 챙겼다. 미안하고 치졸하지만 내가 살아야겠어, 하고 속으로 중얼거리다 '살다'라는 단어를 무심코 썼다는 것에 소스라쳤다. 아니, 아니다. 살고 싶지 않다! 죽고 싶다! 그러나 어쨌든, 지금 고통받고 싶지는 않다, 라고 정정할 수 있을 것이었다.

쌈루타. 어제의 섀도를 보아하니 도저히 이길 수 있는 상대가 아니었다. 그러니 졌을 때의 상황을 예상해 볼까? '오만의 결과… 갑질돌 출신 현지현, 동남아 무명 복서에게 대패' 따위의 헤드라인이 포털의 뉴스난에 오를 것이다. 방구석 손가락 복서들의 논평도, 이제 막 SNS에 모여들기 시작한 여팬들이 등 돌릴 장면도 상상해 보자니 대단히 끔찍했다. 게다가 이 경기를 위해 물심양면 애썼다고 주장하는 그놈의 협회 양반들과, 무엇보다, 승유의 실망을 어찌 감당할 것인가. 추락은 한 번으로 족했다. 더는 진창에 처박히고 싶지 않았다.

계체량에 오지 않는 선수는 바로 실격패다. 그러니 절대 쌈루타와 같이 가지 않을 거였다. 그렇게라도 이기고 싶었다. 드릉드릉 코를 골며 자고 있는 상대를 깨우지 않은 거, 스포츠맨십에 어긋나나? 잠시 자아 성찰을 했으나, 괜찮았다. 자신이 쌈루타를 깨우지 않은 걸 아무도 모를 테니까. 한국 땅에 방금 발을 들여놓은 외국인이 공론화 같은 걸 할 수 있을 리도 없고. 그놈의 스포츠맨십, 허울 좋은 간판일 뿐 밥은 먹여 주지 않는다. 지현은 죽음에 실패한다면 살고 싶었고, 그런 수동적 이중성이 현대인의 숨겨진 특징이며, 선수로서의 본분에 충실하지 않은 것은 자신이 아니라 프로답지 않게 알람도 맞춰 놓지 않은 쌈루타라고 생각했다.

괴생명체가 액화한 채 타일에 끼어 있는 초록색 잔해를 빙 돌아 피해 탈의실로 가서 옷을 껴입고 무거운 더플백을 들었다. 입구 문 앞에 서서는 빼꼼 문을 열고 주변 분위기를 살폈다. 한겨울의 상쾌한 한기가 천연덕스레 콧속을 찔러 댔다. 세상이 멸망하는 중인 토요일이어도 출근해야 하는 애잔한 일부 직장인들이 SNS로 속속 증언한 바로는, 지상의 택시나 버스는 완전히 초토화되었으나 지하철은 아직 운행하는 모양이었다. 지상 구간에서의 습격만 어떻게든 견디면 난방이 가동되는 지하 구간은 비교적 안전하다고들 했다.

이러한 판국에서도 출근길을 걱정하고 안전한 출근의 정보를 공유하는 사람들. 지현은 그들이 올린 정보를 게걸스레 흡수하면서도, 생에 대한 그 집념이 무섭다며 연신 도리질했다.

지현은 가진 옷을 죄다 걸쳐 몸을 빵빵하게 만들었다. 맨살이 노출되는 부위를 최대한 줄이고 선글라스를 꼈다. 보험료가 부담되어 차를 처분한 지 꽤 되었지만 지금껏 대중교통은 타지 않아 왔다. 사람들이 알아볼까 두려웠기 때문이었다. 어차피 매일 체육관과 집만 오가니 그다지 불편하지는 않았다. 정 어쩔 수 없을 때는 택시나 승유가 운전해 주는 차를 이용했다. 그러니 지하철역에 가는 건 정말이지 백만 년 만이었다.

무사히 도착할 수 있다면 말이지만.

어젯밤 배 쫄쫄 굶으며 티브이를 통해 본 뉴스 왈, 좀비들은 산 사람의 목소리나 인영보다도 '호흡'을 가장 빨리 감지한다고 했다. 그래서 출퇴근하는 사람들은 얼굴이 노래질 때까지 숨을 참은 채 뛰고, 좀비에게서 최대한 먼 곳에서 처절한 쏩하쏩하를 벼락치기 한 후, 좀비가 휙 얼굴을 돌아보기 전에 얼른 다시 내빼기를 반복한다고.

전직 춤멤에 현직 복싱 선수인데, 호흡으로 좀비에게 져서야 쓰나. 지현은 적어도 폐활량에는 무한한 자신이 있었다. 눈 딱 감고 가장 가까운 9호선 공항시장역까지만 가면 안전할 거라고 생각했다. 어차피 계체량이 열릴 코엑스 역시 지하철역과 연결되어 있으니 무사히 지하철만 탄다면 좀비를 맞닥뜨릴 일은 없을 듯했다.

지현이 전혀 몰랐던 것은 첫째, 이용객이 극히 드문 지하철역의 난방은 자신의 예상과 달리 신통치 않다는 현실이었으며 둘째, 쌈루타가 알람 없이도 벌떡 일어나는 초월적 생체시계를 가진 위인이라는 비하인드, 그리고 무엇보다 가장 중요한 셋째, 지금 자신에게 교통카드가 없다는 점이었다.

*

"왜… 왜 난방이 안 되냐고."

지현은 역사 내 ATM 뒤편에 숨어서는 머리를 쥐어뜯으며 속삭였다. 숨을 쉬지 않도록 애를 쓰다 보니 얼굴이 붉으락푸르락했고 눈앞이 핑 돌았다. 그 덕에 좀비 하나가 두셋으로 보이는 건가, 생각하며 눈에 초점을 맞추려 노력했다. 그래도 역사를 누비는 좀비의 수는 줄어들지 않았다. 그러니, 그렇구나, 그냥 많구나, 고개를 끄덕이며 절망하는 수밖에는.

역에만 내려오면 히터가 펑펑 나올 줄 알았는데. 9호선 공항시장역 개찰구 앞은 여전히 얼음장 같았고, 덕분에 좀비들은 그 주위를 신나게 오가고 있었다. 아주 가끔 등장하는 승객들은 시뻘게진 얼굴로 뒤뚱뒤뚱 내달려 카드를 찍었다. 누군가는 미처 도망치지 못하고 비명을 지르며 좀비에게 붙들려 목을 물리기도 했다.

교통카드를 살 수 있는 역내 자동판매기를 보긴 했다. 그러나 그 근처에도 온통 좀비들이 가득했다. 뜀틀 넘듯 개찰구를 통과할 수도 있었겠지만 누가 도촬해서 '나락 간 여돌, 이제 무임승차까지ㅋ?'라는 문구를 붙여 릴스에 올릴까 무서웠다.

아주 가끔씩, 더는 참을 수 없어 숨을 빠르게 쉬었다. 그럴 때마다 좀비들이 이쪽을 향해 미세하게 이동하는 것도 느낄 수 있었다. 이제 어떡하지. 난 어떡하지. 제아무리 폐활량이 좋다 해도 부족한 양의 산소만을 지속적으로 마시는 것에는 한계가 있었다. 눈앞이 점점 흐려지는 것만 같았다.

대중교통을 평소에 좀 탔어야 했나. 지현은 뒤늦은 후회를 했다. 그러나 하나의 후회는 언제나 극도의 연쇄적 힘을 가지고 있다. 마치 유치원 다니던 시절 만들었던 색종이 사슬처럼, 둥그렇고 쨍한 색의 후회는 또 다른 후회로 계속해 이어진다. 내 삶을 돌아보면 천장에 붙은 색종이 사슬로 화려하게 꾸며진 후회의 방이 될 거야. 지현은 생각했다. 그리고 그 천장에는 대문짝만 하게 쓰여 있는 거지. '쓸모도 없는 인간, 왜 태어났니', 하고.

툭.

그때 누군가 강한 힘으로 어깨를 쳤고 지현은 저도 모르게 큰 비명을 질렀다. 좀비들이 득달같이 몰려들었다.

"뛰어!"

어깨를 가격한 범인이 외치며 지현의 목덜미를 잡아끌었다. 엄청난 악력 탓에 티셔츠가 목을 졸랐다. 컥컥 침을 흘리며 돌아보니 쌈루타였다. 그 부리부리한 눈으로 지현을 죽일 듯 노려보고 있었다. 아, 날 죽이러 왔구나. 지현은 순간 판단했다. 자기 버리고 왔다고 저리 째려보는 거구나. 큰일이네, 쟤가 어디 터뜨리면 어떡하지. 인성 논란이 생길 텐데. 매장당할 텐데. 하지만 음, 쟤는 태국인이라 한국 커뮤니티는 안 하겠지. 아니 잠깐, 하려나? 한국어도 저렇게 잘하고 한국 배우 팬이기까지 하면, 트위터에 공론화하는 건 일도 아니려나?

또다시 이상한 공상에 빠진 지현이 움직이지 않자 쌈루타가 물었다. 혹시 다리 다쳤어?

"아니?"

"그럼 뭐라고, 개년아!"

쌈루타가 걸쭉하게 내뱉은 한국어 욕설을 듣자 마침내 몸이 움직였다. 자나 깨나 욕만큼은 먹고 싶지 않았다. 지금껏 이미 배 터지게 많이 먹어 왔으니.

그런데 저런 욕은 어디서 배웠을까? 한국 드라마에도 나오지 않을 텐데.

앞선 쌈루타는 개찰구 쪽으로 향하며 주머니에 손을 넣어 일회용 교통카드를 꺼냈다. 지현이 쌈루타의 패딩 자락을 잡아당겼다. 쌈루타가 돌아보았다. 땀이 쌈루타의 목덜미를 타고 줄줄 흘러내리고 있었다.

"나, 나… 카드가 없어. 교통카드가."

"그냥 뛰어넘어."

"난 무임승차는 못 해." 구차해 보일까? 그럴지도. "법은 어기면 안 되잖아."

가당찮은 답이었고 사실 진짜 심정은 이랬다. 난 한국산 여자 연예인이니까. 몸에 좋고 맛도 좋은 신토불이 연예인, 절대 도덕적으로 흠결이 있어서는 안 되는 여자니까. 재기를 위해선 그 어떤 꼬투리도 잡혀서는 안 돼. 사방이 승냥이 떼야. 무언가에 걸려 넘어지는 순간 달려들어 물어뜯겠지. 난 사람들이 원하는 대상이 되어야만 해.

쌈루타가 한심한 듯 지현을 바라보았다. 무언가 하고 싶은 말이 태산인 눈치였다. 다만 그럴 시간은 없었다. 그새 좀비들이 겨우 두 보 떨어진 곳까지 접근해 왔으니까.

쌈루타는 자신의 교통카드를 지현에게 내밀었다.

지현은 카드를 낚아채서는 허둥지둥 개찰구에 다가갔다. 그 와중에도 카드를 오른쪽에 찍어야 하는지 왼쪽에 찍어야 하는지 헷갈려서 몇 초를 낭비했고 눈치 좋은 좀비 하나가 멈칫하는 새를 놓치지 않고 달려들었으나, 쌈루타의 왼손이 더 빨리 그놈의 옆구리를 파고들었다. 젠장, 링 위에서 저거 맞으면 죽는다. 옆구리를 움켜쥔 채 바닥을 뒹구는 좀비를 보며 지현은 본능적으로 생각했다. 월드 클래스 수준의 리버 샷이었다.

리버 샷. 신체 급소인 오른쪽 몸통 간장 부위에 꽂히는 주먹으로, 명중이 쉽진 않으나 제대로 들어가기만 한다면 극심한 고통과 호흡 불능을 동시에 불러오는 고급 기술.

지현에게 자기 교통카드를 넘긴 쌈루타는 개찰구를 뜀틀 삼아 위로 펄쩍 뛰어올랐다. 둘은 역사를 가로질러, 열차가 들어오는 지하 4층의 플랫폼을 향해 우당탕퉁탕 내려갔다. 지하 4층에서도 히터는 겨우 한 대만이 간신히 돌아가는 중이었다. 모든 이용객이 바람 나오는 날개 앞에 옹기종기 모여 있었다. 토요일 아침인데도 사람이 많았다. 가장 한산한 역이 이 정도라면 다른 곳에는 얼마나 승객이 많단 말인가. 지현은 생각했다.

둘은 가쁜 숨을 몰아쉬며 그 무리에 섞였다. 지현은 손에 든 교통카드를 무심코 패딩 주머니에 집어넣었다.

"예, 예에, 부장님 가고 있습니다." 양복 입은 남자가 핸드폰을 귀에 대고 속삭였다. "좀비들이 역에 많아서 조금 지체됐습니다. 얼른 가서 준비하겠습니다. 프레젠테이션 자료는 어제 메일로 보내드렸습니다. …예? 아, 예, 부장님 죄송합니다. 제가 부족하게… 미리 출력해 드렸어야 하는데 왜 메일로… 정말 죄송합니다…."

그 옆에는 등산복을 입은 중년 남녀 한 쌍이 다이어리 케이스 씌운 핸드폰을 눈에서 멀찍이 떨어뜨려

놓고서는 볼륨을 최대로 올린 채 유튜브를 보고 있었다. 유튜버가 헉헉 가쁜 숨을 내쉬며 무언가를 설명하는 중이었는데, 듣자니 좀비에게 들키지 않고 북한산을 오른다는 목표의 라이브 방송을 하는 모양이었다. 남녀는 고개를 끄덕이며 서로에게 큰 목소리로 말했다. 그래, 암릉길로 쭉 이어지는 게 아무래도 좋겠지. 좀비인지 뭔지는 등산화를 안 신고 있으니 주욱 미끄러질 거라고. 그러니 의상능선으로, 오케이 오케이.

놀라운 일이었다. 이런 비상시국에 출근하는 사람들이야 그렇다 치자. 먹고사니즘이란 원체 중요하고, 한국인들은 그 무슨 일이 일어나도 꾸역꾸역 직장으로 향하는 민족으로 또 유명하니까. 지현 자신 역시 지금 계체량을 하러 코엑스에 가고 있는 와중이니. 하지만 등산을 한다고? 조회 수에 목숨 건 유튜버가 아니라 일반 시민들조차? 그게 가능한가? 대체 저 사람들은 무슨 생각인 건가?

곧 열차가 도착했다. 지현은 서서히 멈춰 서는 열

차의 유리창을 보고서는 입을 또 떡 벌렸다. 사람들이 좁은 칸 안에 빽빽하게 서 있었다. 연예인으로 데뷔한 이후 한 번도 이렇게 인구밀도가 높은 공간에 있던 적이 없었다. 저 사람들이 분명 나를 알아볼 텐데, 어떻게 하지? 마구 도촬을 하면? 내 몸을 만지기라도 하면? 지현은 급히 패딩 모자를 뒤집어썼다. 그나마 다행인 것은 승객의 연령대가 제법 높다는 사실이었다. 평균 쉰은 족히 넘을 듯했다.

열차에 꾸역꾸역 간신히 올랐다. 지현의 앞에 서 있던 승객이 미친 사람처럼 돌진해 사람들의 장벽을 구기며 지나갔기에 뒤따른 지현 역시 열차에 탈 수 있었다. 씨발 밀지 마! 아악! 여기 사람 죽어요! 열차 안에서는 비명들이 울려 퍼졌다. 쌈루타가 탔나? 몸을 어떻게든 지탱할 수 있는 공간을 확보한 지현은 간신히 고개를 등 뒤로 돌려 보았다. 있었다. 안타깝게도 만원 열차를 평계로 떨어뜨리는 것에는 실패한 듯했다. 쌈루타와 몸 면적의 5할 정도를 접촉하게 된 여자가 미간을 잔뜩 찌푸리며 헛기침을 했다.

그리고 지현은 플랫폼에 내려온 좀비들이 괴성을 지르며 열차로 들어서려다, 36.5도의 생체 난로들이 화물처럼 겹친 광경에 질겁하여 뒤로 물러서는 것을 보았다.

열차가 출발했다. 그 가속에 사람들이 출렁, 움직였다. 지현보다 키가 미세히 작은 누군가의 머리가 지현을 세게 들이박았다. 지현은 숱 적은 백발이 간신히 가린 정수리에서 나는 냄새에 그만 자기도 모르게 욕설을 뱉었다. 정수리의 주인은 사과할 생각도 없는 듯했다. 이렇게 붐비는 와중에, 몸 옆에 커다란 카트까지 두고 있었다.

정수리가 몹시 큰 소리로 독백했다.

"낮에야 지하철을 타고 다닌다 쳐도 밤에는 어떡하나."

침 냄새까지 났다.

"밤에 집에 가면 추울 텐데. 가스가 끊긴 지 5년인데. 전기장판밖에는 없어. 패딩을 껴입고 살았지. 장판 밖에는 그 삿된 것들이 다 들어와 있겠지? 그러면

61

어떻게 하지? 전쟁이 났을 때도 살았어. 그런데 이번엔 죽어야 하나? 어떡하지? 지하철이 아니면 뜨듯한 곳이 없는데. 어떻게 하지?"

그러자 근처에 있던 예의 그 등산복 커플 중 여자 쪽이 먼저 신경질적으로 투덜거렸다.

"할머니, 입 좀 다물래요? 입 냄새 나니까. 토할 것 같거든요."

남자 쪽이 거들었다.

"여기 어떻게든 출근하고 일상생활 하면서 동요하지 않으려 노력하는 모범 시민들이 대다수인데, 거 당신 같은 사람이 다 망치는 거 아냐. 할머니! 오늘 막차 때까지 계속 버티고 있을 거야? 당신 같은 사람들 때문에 얼마나 많은 시민들이 불편을 겪어야 하는지 알아? 액면가 보니 공짜로 탔겠네. 공짜로 들어와서 오늘 밤새도록 히터 쐴 거지? 거지같이. 거지면 닥치라고. 재수 없으니까."

모두가 침묵했다. 마치 아무 일도 없었던 것처럼. 덜컹덜컹, 차가 움직였다. 다음 역 역시 승객이 어마어마하게 많았다. 정수리는 하차했다. 물론 그가 내리기도 전에 사람들이 밀려들었다. 여기저기서 앓는 소리가 터져 나왔다. 열차 안은 절절 끓기 시작했다. 다들 땀을 흘리고 있었으므로 습도 역시 사우나 수준으로 올라갔다. 등산복 커플은 가방에 매단 등산 스틱으로 사정없이 사람들을 찔러 댔다.

나중에 알아본 바로, 공항시장역은 서울지하철 9호선 중 이용객 수가 최하위였다. 그래서 난방비를 그리 절약한 모양이지. 지현은 생각했다. 그럼 공항시장역을 이용하는 사람들은 겨우 한 줌 중의 낱알이니까 좀비가 되어도 괜찮다는 건가?

똑같은 9호선인데도, 코엑스와 연결된 봉은사역은 롱패딩 속에서 땀이 줄줄 흘러내릴 정도로 더웠다.

04

"우리 현찌, 고생 많았네."

"…택시라도 보내 줄 순 없었어?"

"가난한 권투인인 언니한테 돈이 어디 있니. 현찌
너 잘되라고 사바사바하느라 다 털었는데. 지금 서울
택시비가 따따따블로 뛴 거 알아? 스파에서 여기까
지 오는 비용이 네 파이트머니보다 더 비싸."

승유가 말하며 지현의 어깨를 툭 치더니 쩌렁쩌렁
하게 소리를 질렀다. 여기, 언니, 뭐 해요! 얼른 와! 머
리하려면 한세월이라고! 맙소사, 이 와중에 레게 머
리 전문 출장 미용사도 출근했다니, 먹고사니즘의 위

력이 놀라울 따름이었다.

시합하는 여자 복서의 전유물이라 칭할 만한 레게 머리는, 해도 해도 힘들었다. 두피가 아프도록 머리를 잡아당기는 미용사의 손에 대고 소리를 빽 지르고 싶은 충동이 턱 끝까지 치밀어 올랐다. 그러나 참았다. 그러면서도 스스로 궁금해했다. 왜 참지? 미래를 위해서? 그럴지도. 좀비가 설치든 말든 세계는 웬만하면 끝나지 않는다. 아마 과거의 사람들은 커다란 전쟁이 일어났을 때도, 팬데믹이 터졌을 때도 금방 세계의 멸망을 확신했을 것이다. 그러나 그런 예상은 모두 결국 무위로 돌아가지 않았던가. 비극은 멀리서 보면 깊지도 않은 싱크홀일 뿐. 지현 역시 그 싱크홀을 바라보는 행인일지 몰랐다. 그러니 참아야지. 지현은 입술을 꾹 말고서는 손거울의 각도를 이리저리 움직였다. 숍의 커다란 거울이 그리웠다.

레게 스타일로 땋은 머리가 완성되었다. 경기가 끝날 때까지는 머리를 감을 수도 감을 수도 없다. 그렇게 브라톱과 사각팬티만 입은 채로 체중계 위에 올라갔다. 숫자를 확인하고는 활짝 웃으며 어깨 높이로 올린 두 팔을 굽혔다. 좀비가 되지 않고 출근하는 것에 성공한 사진기자들의 플래시가 번쩍였다. 그러나 아이돌 시절과 비교하자면 초라하기 그지없는 숫자였다.

지현과 달리 쌈루타는 플래시 세례가 익숙지 않은 듯 자꾸만 눈을 감거나 고개를 숙였다. 지현은 눈을 형형하게 뜬 채 손가락 하트를 비롯한 여러 가지 포즈를 시키는 대로 했다. 심지어 가슴골이 잘 보이도록 허리를 수그리는 것까지, 지현에겐 어려운 일은 아니었다. 극단적인 수분 감량 덕에 배가 몹시 납작했고 복근 역시 제법 선명했다. 몸을 구부려도 접히지 않는 배가 조금이라도 화제가 된다면, 그걸로 감사할 수 있었다.

당신들이 원한다면 나는 뭐든지 할 수 있어.

그 어떤 것도 내 삶에 더는 기대하지 않기 때문에 오히려 고분고분한 것이지.

사진 촬영이 끝나자 양복 차림의 사람들이 지현에

게 몰려들었다. 셀 수 없이 많은 기념사진을 찍었다. 헐벗은 허리에 몇 명의 팔이 감겼는지 세는 게 불가능할 정도였다. 지현은 내내 활짝 웃었다. 여긴 무슨 협회 어떤 회장님, 저긴 어떤 협회 무슨 총장님. 승유의 다채로운 소개와 각양각색의 어휘는 묵언의 진의로 수렴되었다.

'높으신 양반들이야. 현지현의 앞날에 꼭 필요한 양반들.'

좀비들이 이렇게 많은데 '앞날'을 어찌 논하냐고? 세상은 단번에 무너지지 않으며, 느린 종말은 적어도 몇 세대 동안 반복된다. 그러니 대비해야지, 아암. 아주 철저히 대비해야 한다.

반면 삭발한 쌈루타 쪽엔 개미 새끼 한 마리 얼씬거리지 않았다. 아니, 저 대머리 아줌마 뒤짱구가 매력적인데 만져 봐도 되냐고 누군가 헛소리를 하긴 했다. 그 말을 알아들었을 쌈루타가 지현 쪽을 쳐다보았다. 높으신 분들 앞에서 억지웃음을 짓느라 경련을 일으키는 입꼬리를 들키고 싶지 않아 지현은 얼른 외면했다. 어디선가 등장한 양복 입은 아저씨가 같이 하트를 하자며 지현의 손을 잡아채서는 주물럭댔다.

지현은 손을 빼지 않았다.

*

참 우스운 일이었다. 프로 복서라고 자신을 소개하면 듣는 이의 반응은 대체로 성별에 따라 갈렸다. 남자들은 히익, 과장된 포즈를 하며 뒤로 물러서는 시늉을 했다. '오 씨, 몰랐는데 말조심해야겠네. 말 잘못했다가 한 대 뻑 맞으면…!' 따위의 말을 지껄여 대는 건 당연지사. 대체 맞을 말 할 생각 자체를 왜 하는 건지. 거기에 이어지는 킬킬거림이 한층 더 기분을 나쁘게 했다. 맞을 일이 없다고 확신하는 것만 같아서. 하지만 그럴 때마다 지현은 착한 표정으로 웃으며 받아 주었다. '격투기는 체급이 깡패라서요, 제가 달려들어도 아마 이기실 거예요'라고.

그러나 지현을 더 비참하게 만드는 건 동경의 눈빛

을 한 여자들이었다. '우와, 그럼 밤길 다닐 때도 안 무섭겠다, 그쵸? 치한 만나면 그냥 죽여 버리면 되는 거잖아요. 오와, 멋있다. 나도 배우고 싶어요.'

아니, 아니야. 진짜 무기는 주먹이 아니라 돈과 권력 그리고 그것의 지속성이야. 지현은 속으로만 대답하곤 했는데, 그건 승유가 입버릇처럼 하는 말이기도 했다. 그러면서도 대중의 축소판이라 할 법한 여자들의 동경을 저버리지 않기 위해 겉으로는 그들이 듣고 싶어 하는 말만 해 주었다. '그럼요, 제가 다 물리칠 수 있죠!' 같은.

그것은 눈앞의 타인이 원하는 답을 주는 행위, 뭐 그런 평생의 숙명과도 같았다.

시간이 얼마나 지났을까. 가까스로 기념 촬영과 허리에 올라간 손들에게서 벗어난 지현은 급히 승유를 찾았다. 배가 너무 고팠고, 경기 전에 휴식을 푹 취해야만 하기도 했으며, 무엇보다도 쌈루타의 시선을 자꾸만 의식하게 된 탓이었다. 한심해 보일까? 가여울까? 아니면 자기 자신을 불쌍히 여길까? 한국인들의 작태에 분노할까? 뭐든 다 싫었다. 그저 그 눈길을 간절히 피하고 싶었다.

"이제 어디 가면 돼? 나 오늘 어디서 자?"

자신보다 더 바쁜 승유를 간신히 붙든 지현이 물었다. 스파에서 여기까지 오는 과정이 쉬운 것은 아니었고 내내 죽도록 서운했으나, 승유나 주최 측으로서도 어쩔 도리가 없지 않았는가, 하고 합리화하려 애쓰고 있었다. 자신이 스파에 들어가고 나서 좀비 사태가 본격화되었으니 말이다. 하지만 무사히 도착해 계체량을 마친 지금은 24시간 전과는 상황이 달랐다. 당장 내일 바로 이곳에서 경기가 예정된 선수를 위험한 외부로 다시 쫓아낼 거라는 상상은 불가능했다. 높으신 분들이 어떻게든 방도를 만들어 줬을 거였다. 이 근처에도 호텔이 워낙 많지 않던가? 아니, 호텔이 아니어도 좋지. 모텔이어도, 여인숙이어도. 아니다, 고시원이라도.

내 안전을 챙겨 주기만 한다면.

그러나 승유는 지현의 어깨를 감싸며 속삭였다. 뭘

어디서 자? 있던 데로 가야지.

"다시 나가라고? 좀비 존나 많은 데로? 미쳤어?"

"진정해 현찌야, 이게 기회야."

"뭔 소리야 또? 아, 제발."

"스파 시설, 어땠어?"

"완전 최악이야. 진짜 낡았다고!"

"너무 잘됐네. 거기서 하룻밤만 더 자자."

"미쳤어? 왜?"

"서사, 서사 챙겨야지."

"무슨 서사? 싫어! 찜질복 겁나 누더기 같고 베개에 사람 머리 자국 나 있고, 어? 내가 진짜 살다 살다 그런…."

"헝그리 정신 버릴 거야? 사람들이 서사에 약한 거 몰라? 특히 복싱은 더 헝그리해야 한다고. 삐까번쩍한 데서 공주님처럼 대접받으며 운동했다고 하면 사람들이 좋아해 줄 거 같아? 욕이나 먹지."

"씨발, 네가 가 봐!"

그러나 승유는 대답도 안 들고서는 '높으신 분'의

부름에 응답하러 가는 것이었다. '높으신 분' 옆에는 통역사와 쌈루타의 코치가 서 있었다. 그들이 바삐 입을 놀렸지만 워낙 현장이 소란스러워 말소리는 들리지 않았다. 지현은 눈알을 굴리다, 저 멀찍이서 꼿꼿하게 선 채 입술을 깨물고 있는 쌈루타를 발견했다. 몇 되지도 않는 스포츠 전문 기자들이 쌈루타가 투명 인간이라도 되는 것처럼 지나쳤다. 누군가는 쌈루타의 어깨를 치고서는 묵례만 꾸벅하고 죄송하단 한마디도 남기지 않은 채 사라지기도 했다.

개 같네, 왜 무시당하고 있어, 냅다 패 버려. 지현은 속으로 외쳤다. 마치 자신을 주체적 여자로, 치한 퇴치기로 묘사하며 치켜올려 주던 여자들처럼. 핵주먹을 가졌다 한들 지금의 쌈루타가 결코 그럴 수 없다는 것을 누구보다 잘 아는데도.

그때 스포츠신문 기자들 몇이 갑자기 지현에게 다가와 섰다.

"오늘 너무 아름다우셔요, 완전 걸크러시 그 자체! 계체량 무사통과하신 기념으로, 각오 한말씀 부탁드

려요."

　보아하니 숏츠라도 올리려는지 영상까지 찍고 있었다. 아니면 이미 라이브를 진행하는 중인지도 몰랐다. 지현은 목을 가다듬고, 활짝 웃었다. 브라톱 차림으로 계체량을 마친 후 아직 웃옷을 걸치지 않고 있었다. 사진기를 든 기자들과 높으신 분들이 퇴장하기 전까지 옷을 입지 말 것, 그게 계체량 전 승유가 몇 번이고 강조했던 이야기였다. 지현도 수긍한 바였다. 어쨌거나 화제가 될 수 있는 티끌이라도 만들어야 했다. 두 팔에 오스스 소름이 돋았다.

　"우리 시민분들, 시국이 흉흉해서 너무 걱정이 많으실 텐데, 저는 제 자리에서 제 본분을 다하겠습니다. 저, 내일 링 위에서 꼭 이길 거예요! 이걸 보시는 국민 여러분! 꼭 집에 보일러 따뜻하게 그리고 가습기 촉촉하게 틀어 놓으세요. 건강하시고요."

　이 재난의 한복판에 건강하란 말을 하는 게 맞나? 또 대중들에게 두들겨 맞을 실언을 한 건 아닌가 싶었는데 기자가 다시 물었다.

"계체량이 끝났는데 남은 하루 어떻게 보내실 계획인가요?"

"아, 보양식 해서 체력 보충하고 내일 승리를 위한 이미지 트레이닝을 해야지요!"

"현지현 선수님, 요리도 잘하시나 봐요!"

사실 지현은 라면 물도 못 맞췄다.

"지금 저희 청청스포츠 라이브 화면에 실시간으로 채팅이 올라오고 있는데요, 우리 현지현 선수님 팬분들이 걱정을 아니할 수 없다고 하시네요, 댁으로 돌아가시는 길은 안전하겠느냐, 와, 팬분들의 사랑이 어마어마하네요. 지현 선수 댁이 어디냐고, 경호하러 와 주시겠다는 분들이 엄청 많아요! 현지현 선수, 그러고 보니 같이 활동하던 멤버들은 최근에 〈전참시〉에서 럭셔리 숙소를 공개했는데요. 지현 선수 댁은 어떨까요? 모두가 궁금해할 것 같아요!"

알지, 그 숙소. 그 방송을 보며 이를 부득부득 갈았었는데. 절대로 결로 가득한 자신의 자취방을 공개할 수는 없었다. 그러나 동시에 지현은 그 방송에 대한 대중의 여론이 좋지만은 않았다는 사실을 떠올렸다. 어린 여자애들이 부유하게 사는 꼴을 그들은 보고 싶어 하지 않았다. 그래, 결국 승유의 말이 맞는 거였다. 코앞까지 온 카메라의 렌즈에 비친 자신의 얼굴을 보며 지현은, 결국 레드불 스파로 돌아가는 게 최선이라는 결론을 내렸다. 작고 지저분한 자취방은 들키지 않으면서, 가난하지만 열심히 사는 청년의 이미지는 만들어 낼 수 있는 장소. 하여 약간은 힘없고 불쌍해 보이는 미소를 지으며 대답했다.

"집에는… 안 가요."

"어머 그럼 밖에서 주무시나요? 어디서? 요 근처 호텔에서?"

그러면 얼마나 좋겠어요.

"아뇨… 찜질방이요."

"찜질방이요오? 왜인가요? 어차피 계체량은 끝나지 않았나요? 집에 왜 안 가시죠? 그럼 거기서 찜질복 입고 계시는 거예요, 현지현 선수?"

기분 탓인가. 카메라가 자신의 맨살을 샅샅이 헤집

는 것도 같았다. 꼭 얼굴이나 가슴골 쪽만 노리는 건 아니었다. 렌즈는 광배나 삼각근, 그리고 복근까지 순차대로 들여다보는 중이었다. 지현은 순간 불쾌해 졌으나 마음을 다잡았다. 승유식의 마인드를 장착했 다. 그래, 참 고맙다, 이렇게라도 누군가에게 관심을 받으면 되는 것이었다. 이왕이면 여덕으로 하나 더.

그런데 '왜 하필 찜질방'인가? 뭐라고 답해야 하 나. 내 자취방이 더러워서, 나 당신들에게 먹힐 서사 를 만들기 위해서, 라 말할 수는 없을 것 아닌가. 말 문이 막힌 지현은 애타게 승유가 있는 쪽을 바라보았 다. 마침 승유도 이쪽을 바라보고 있었다. 지현이 무 슨 대답을 하는지를 죄다 듣고 있던 눈치였다. 승유 가 한심하다는 듯 한숨을 쉬더니, 갑자기 핸드폰 전 광판 앱에 대고 뭐라 쓱쓱 입력하고서는 뒤집어 지현 에게 내용을 보여 주었다.

[넌 불쌍하고 가난해. 사람들은 네가 그러길 원해. 그러니 좀비 를 피하려면?]

그렇지. 지현은 9호선 열차를 가득 채우고 있던 사

람들을 떠올렸다. 그들이 콩나물시루 속에서도 모두 이어폰을 낀 채 핸드폰 화면을 들여다보고 있던 것을. 그 핸드폰 화면에 현지현 자신이 들어가 있다면, 무슨 말을 해야 그들이 가장 좋아할까. 새도복싱을 하듯 상상했다.

답이 나왔다.

"좀비를 집에서는 피할 수가 없어서요. 난방비가 너무 비싸서…. 좀비 없이도 생활이 힘들었는데, 이제는 정말 생명의 위협을 느껴요."

기자의 눈이 둥그렇게 커졌다. 어머, 우리 현지현 선수, 생활고를 겪고 있나요? 아이돌 활동할 때 번 돈은 없나요?

"네." 포장하자. 더 낡고 남루한 포장지로. 이를테면 다 찢어진 신문으로. "내일을 걱정해야 할 정도로 가난해요. 이 경기가 제 마지막 기회라고 저는 생각해서, 죽을힘을 다해 임하고 있습니다."

말하고 보니 진실 아닌 게 하나 없었다.

*

"그렇잖아도, 우리 현찌를 위해 언니가 기가 막힌 생각을 했단 말이지, 응."

인터뷰를 마치고 마침내 들어선 대기실에서 승유는 설명했다.

좀비 때문에 춥고 건조한 밖에 나갈 수 없는 상황. 유튜브를 위시한 영상 플랫폼의 수요가 폭발적으로 증가했다. 가령 아까 지현을 성가시게 굴었던 군소 언론사 청청스포츠의 라이브 방송에 접속하는 사람들의 숫자마저도 평소의 100배 가까이 뛰었다고 했다. 모든 크리에이터들이 눈 돌아 라이브 방송을 속속 열고 있다나.

하지만 좀비 발생만을 보여 주는 방송은 금방 인기를 잃었다. 지금 시점 '급상승 동영상'들의 키워드는 주로, '그럼에도 불구하고'였다. 좀비 출몰에도 불구하고 용감하게 실외로 돌진해 일상을 영위하는 사람들. 그럼에도 불구하고 출근, 그럼에도 불구하고 뚜

벅이 여행, 그럼에도 불구하고 런데이, 그럼에도 불구하고 옥상 술방…. 듣고 보니 공항시장역에서 북한산 등반 라이브를 보던 중년 커플이 떠올랐다. 그 유튜버는 시류를 파악하는 데 무척 능했구나 싶었다. 물론 아직 좀비에게 물리지 않았다면 말이지만.

결국 그 '그럼에도 불구하고', 는 자신을 보아 줄 누군가의 욕심을 채워 주기 위한 모토 아닌가. 진짜 자신과는 하등 상관이 없는.

어쨌거나, '그럼에도 불구하고 복싱은 계속된다!'라는 멋진 기조 아래 내일 경기까지의 일거수일투족을 라이브로 방송하란 게 승유의 요구였다. 나중에 말로 구구절절 설명하는 것보다는 지금 실시간으로 보여 줘야만 효과가 클 거라나.

"브라톱 위에 바로 잠바 입어. 지퍼는 잠그지 말고 활짝 열어. 가끔씩 잠바 살짝 벗으면서 근육 보여 줘."

"미쳤냐? 밖에 존나 추운데."

"우리 현찌, 아직 덜 헝그리해서 헛소리하지 또?"

"…아니야."

"물도 절대 마시지 마, 복근 데피니션이 중요해."

"계체량이 끝났는데 물을 마시지 말라고? 사진도 다 찍었잖아!"

"현찌야, 라이브가 중요하다고, 라이브. 사람들은 살아 움직이는 예쁜 여자의 복근에 환장한다고. 특히 이런 시국에서, 특히 여덕들은 더."

"나 그제부터 물 반 잔도 못 마셨어, 씨발."

"욕할 수 있는 걸 보니 죽을 지경은 아니네, 최대한 참아. 너 이거 진짜 기회야. 세상 어느 누가 24시간 안에 여돌 복서 브이로그에, 몸캠에, 먹방까지 다 보여 주겠어?"

몸캠? 그 단어가 돌부리처럼 지현의 마음에 걸렸으나, 승유가 빠르게 물음을 이어 나갔다.

"공항시장역에서 스파까지 얼마나 걸린다고?"

"정상적인 도보로는 3분. 근데 나, 그냥 집으로 가면 안 돼?"

"아까 청청스포츠 인터뷰에서 찜질방 갈 거라고 다 말해 놓고선?"

"나 집에 갈래. 뒈지더라도 집에 가서 그냥 뒈지고 싶어."

"우리 현찌, 언니 보라고 빡대가리 인증하네 또. 어제 마지막으로 집 나올 때 보일러 껐어 안 껐어?"

당연히 껐다. 가스비가 얼만데. 그런데 그래서 망했구나. 지현은 비로소 머리를 쥐어뜯었다. 좀비들이 집에 다 들어왔겠지.

"스파까지 3분이라고? 좀비들 습격받으면 두 배쯤 늘겠네. 6분 라이브, 딱 좋아. 어차피 사람들은 오래 집중하지 못해. 역에서 내리기 직전에 바로 라이브 켜. 스파에 무사히 도착할 때까지 방송해. 좀비를 다 때려잡을 필요 없어. 적당히 내빼. 그러다 딱 한 놈만 잡아서 정타 갈겨. 그리고 도망가도 괜찮아. 때리는 장면만 따서 숏츠 만들면 되니까. 가끔 셀카봉 살짝 내려서 복근 보여 주는 거, 잊지 말고."

"그걸 다 어떻게 해…."

"우리 귀여운 현찌, 재기해야지. 응?"

승유가 지현의 어깨를 두드린 후 셀카봉을 손에 쥐

여 주고는 바쁜 척 대기실을 나갔다. 대체 어느 세월에 이것까지 준비한 걸까.

'그럼에도 불구하고', 말이지.

＊

라이브는 아이돌 시절에도 숱하게 했다. 그러니 어려울 거 하나 없었다. 그러나 그땐, 눈을 동그랗게 뜨고서는 얼굴을 렌즈 가까이 들이밀고 교태를 부리는 게 전부였다.

한 손은 셀카봉에 묶여 있는데, 복싱으로 좀비를 물리치라고? 어떻게? 강승유 네가 해 봐⋯. 지현은 이를 갈며 중얼거렸다.

하지만, 믿는 수밖에. 승유는 지금까지 단 한 번도 지현의 앞날에 해로운 방향은 제시한 적이 없었다. 그건 지현의 그 어느 가족도 지인도 하지 못한 일이었다.

실은, 지금 지현의 옆에 남은 사람도 승유밖에는

없는 것도 같았고.

　대기실을 나가 보니 승유는 이런저런 회장님과 총무님 사이에서 열심히 절을 하며 딸랑딸랑, 두 손으로 종을 울리는 중이었다. 저 노고가 다, 나를 위한 것. 저 사람은 정말 감사하고 좋은 사람. 지현은 자기 자신에게 주지시키며 승유의 굽은 등을 바라보다가 계체장을 나섰다.

　따뜻한 지하 통로를 걸어 코엑스와 연결된 봉은사역에 도착했다. 쌈루타가 한참 뒤에서 따라오고 있다는 사실을 흘끗 눈치챘으나 무진 애를 써서 못 본 척했다. 어차피 적 아닌가. 굳이 친절할 필요 없었다. 그렇게 개찰구에 도착했는데, 이제야 여전히 자기 소유의 교통카드는 없다는 사실을 깨달았다. 패딩 주머니에 잡히는 걸 꺼냈다. 쌈루타의 카드였다. 돌려줘야겠지, 라고 잠시 생각했으나 돌아보지 않았다. 지금껏 모르는 척했는데 이제 와서 갑자기 카드를 돌려준다고? 게다가 그럼 그 순간부터 공항시장역에 갈 때까지 계속 불편한 대화를 나누어야 할 것 아닌가. 절대 사절이었다.

결국 아주 잠깐의 고민 후에 지현은 쌈루타의 카드로 아무렇지 않은 듯 개찰구를 통과했다. 나중에 어쩔 수 없이 대면해야 할 때가 되면, 그때 미안한 표정을 하며 돌려줄 심산이었다. 쌈루타가 어떻게 통과할지는 알 바 아니었다. 어차피 뒤에서 따라오고 있다는 사실도 모르는 척하는 중인데, 무슨.

지현은 들어오는 9호선 열차를 탔다. 같은 칸의 옆문을 통해 쌈루타가 올라탔다는 것을 알 수 있었다. 하지만 역시나 사람이 미어터지고 있었기 때문에 맞닥뜨릴 일 없이 마음만은 편안했다. 그렇게 공항시장역까지 실려 갔다.

*

현지현이 원래부터 이렇게 끔찍한 사람은 아니었다. 아마 아니었을 것이다.

어린 시절부터 보았던 어른들이 자신을 이렇게 만

들었다. 온갖 편법과 탈취와 농간을 일삼아도 문제없던 사람들. 가령 학교 다니던 시절의 담임선생 몇은 2학기가 되도록 지현의 이름을 '한지현'으로 잘못 불렀지만, 60 몇 살까지 철밥통을 뺏기지 않을 거였다. 이혼 후 아빠는 양육비를 보내지 않았다. 데뷔하고 나니 미안하다며 연락이 왔는데 들자 하니 같이 최루성 관찰 프로그램에라도 나가 돈을 뜯고 싶은 모양이었다. 소속사의 계약 조항은 나중에 알고 보니 극심한 노예 계약이었고 정산은 요원했다. 엄마는 지현의 이름을 댄 채 꽤 큰 빚을 졌다가 지현이 인성 논란으로 금세 연예계에서 사라지자 그대로 잠적했다. 빚쟁이들이 몰려와 펄펄 뛰었으나 이미 나락 간 연예인의 부모가 벌인 빚 문제는 뉴스에 오르기에는 너무나 변두리의 이야기였다. 다행인지 불행인지.

　지현이 복싱으로 노선을 튼 후에도 마찬가지였다. 협회장님과 총장님들은 관장들에게 뒷돈을 쉬이 받았다. 처음 그 장면을 보았을 땐 경기의 결과를 조작하기 위한 것인 줄 알았다. 아니, 아니었다. 그저 프로 경기에 참가하기 위해서라도 뒷돈이 필요했다. 돈을 내고 알랑방귀를 뀌지 않으면 그 어떤 시합에도 넣어 주지 않았다. 시합이 성사되어도 문제였다. 대전료 대부분을 협회에서 뜯어 갔으니까. 첫 경기에서 지현에게 입금된 총액은 이거저거 다 제한 후 4만 7200원이었다.

그래도 그들 모두가 너무나 잘 산다. 아무런 타격도 입지 않고.

그러니 겨우 지하철 요금 1800원쯤이야. 하다못해 지하철 요금이 얼마인지 모르는 정치인들도 나락 안 가고 잘 사는데. 지현은 합리화했다. 어쩌면 지금껏 너무 뻔뻔하지 않아 손해를 봤는지도 몰랐다. 인성 논란이 일어났던 그때도 마찬가지였다. 괜히 섣불리 사과하고 굽실거려 문제가 커진 것도 같았다. 묵살한 채 급류가 지나가길 기다렸다면 얘기가 달라졌을지도 모르는데.

*

공항시장역에 도착하기 직전, 지현은 승유가 시킨 대로 승유의 계정에 로그인해 라이브 방송을 켰다. 승유의 유튜브 구독자는 10만에 가까웠다. 걸그룹 좋아하는 여덕들에게 잘 알려진 케이팝계의 네임드. 그 네임드가 판에서 내쳐진 자신을 보듬어 준다는 사실에도 실은 무한히 감사해야 했다. 절을 108번 해도 모자라리라.

"안녕하세요, 복싱 선수 현지현입니다."

거기까지 속삭이기만 했는데 벌써 상당히 많은 사람이 입장하고 있었다. 지금 이 시점엔 라이브가 답이라는 승유의 말이 신빙성을 얻는 순간이었다. 이렇게까지 열심히 살아야 하나, 하는 시큰둥한 마음이 들었지만 그래도 내내 자신 곁에 있어 주었던 유일한 사람의 지시를 어길 수는 없었다.

옆에 어깨를 맞댄 채 서 있던 중년 여성 하나가 아가씨, 뭐 해, 하고 물으며 앵글 안으로 감히 얼굴을 집어넣으려 들었다. 지현은 빠르게 여자의 몸을 쳐 냈다. 그러면서도 그 동작의 의도를 시청자들이 알지 못하게 하기 위해 얼른 각도를 틀었다.

댓글들이 쉴 없이 올라왔다. 아마 승유가 그 전에 라이브 예고라도 한 모양인지, 증가세가 엄청났다. 게다가 모두 칭찬이었다.

조금은 마음이 풀렸다.

그래, 보통의 경우 칭찬은 고래도 춤추게 한다.

그러나 막상 춤추는 고래의 시야는 더없이 좁고 어지러워지겠지. 멀미가 나도록 힘들 것이다.

공항시장역에서 내리기 직전까지 라이브 화면에 올라오는 댓글들을 읽느라 지현은 출입문 앞에 무엇이 있는지 확인하지 못했다. 출입문이 열리자마자 좀비가 들이닥쳤다. 으와악! 비명을 지르는 지현의 어깨에 좀비가 머리를 갖다 댔다. 지독한 기름내와 피비린내를 동시에 맡을 수 있었다. 그러나 별안간 머리가 푹, 아래를 향해 곤두박질쳤다. 쌈루타였다. 쌈루타가 꼭 쥐고 있던 주먹을 털더니 지현의 손목을 잡고 세게 끌어당겼다.

또 리버 샷으로 물리친 것이었다.

하루에 저 가공할 리버 샷이 명중되는 광경을 두 번이나 보게 되다니. 이번에야말로 정말 쌈루타와 싸우고 싶지 않다는 마음이 오금을 달달 떨리게 만들었다. 손목을 잡은 악력은 또 어찌나 강한지, 그리고 자기 쪽으로 끌어당기는 힘은 얼마나 센지. 전완의 강직도가 이 정도라면, 주먹은 얼마나 무시무시할지 짐작조차 안 될 지경이었다.

하나 돌아가던 히터마저 꺼진 역 안은 온기 없이 싸늘했다. 사람이라고는 보이지 않고 온통 좀비들뿐이었다. 둘은 누가 먼저랄 것도 없이 냅다 출구를 향해 뛰었다. 달리기마저 쌈루타가 조금 더 빨랐다. 그래서 무언가 앞을 막아설 때마다 지현보다 쌈루타가 한 발 먼저 주먹을 휘둘렀다. 지현은 어차피 그놈의 소중한 셀카봉을 수호하느라 손을 제대로 쓸 수도 없었을 테지만.

둘은 함께 개찰구를 통과했다. 지현은 그 와중에도 모범 시민답게 쌈루타가 줬던 교통카드를 찍는 것을 잊지 않았고 쌈루타는 역시나 펄쩍, 뜀틀을 넘었다. 목구멍에서 점점 피 냄새가 났다. 두꺼운 점퍼가 너무 거슬려 지현은 반쯤 벗은 채로 뛰었다. 깊게 팬 복직근을 따라 땀줄기가 흘러내리는 게 느껴졌다. 그렇게 레드불 스파의 출입구에 도착했다. 아무도 없는 카운터를 지나 여탕 문을 열었다. 축복 같은 열기와 습기가 피부에 닿았다. 좀비들이 뒤에서 물러나는 소리가 났다.

그 모든 난장이 지현의 손에 들린 핸드폰 렌즈에 담겨 라이브로 송출되었다.

05

　지현은 자신의 가슴이 흔들리는 영상을 멍하니 바라보았다. 점퍼를 벗은 탓에 적나라하게 드러난 모습이 인터넷상의 온갖 사이트를 돌아다니고 있었다. '노렸네, 결국 쟤도 벗는 건가, 아이쿠 몰라봐서 미안했다'. 남초 커뮤니티의 댓글들은 대충 그랬다. 그리고 그만큼이나 많이 발견되는 건, 쌈루타의 외양을 지현의 미모와 비교해 조롱하는 말들이었다.

　지현은 손가락을 옮겨 여초 커뮤니티에 접속하려 했다. 아무래도 승유가 원하는 게 그 방향이었으니. 그러나 갑자기 화면이 바뀌었다. 승유에게서 전화가

오고 있었다. 무심하게 받으려 했으나 이상하게 심장이 뛰어서, 심호흡을 반복했다. 여팬이 중요하다고 했는데 왜 복근이 아니라 가슴골을 비춘 거냐, 쌈루타는 저토록 멋지게 좀비를 때려잡는데 너는 꺅꺅 비명 지르며 도망이나 가냐, 제정신이냐. 승유의 입에서 나올 타박을 예상해 대신 미리 읊을 수 있을 정도였다. 전화를 받지 않으려 했으나 받을 때까지 발신을 반복할 승유의 집착을 익히 알기에, 통화 버튼을 눌렀다.

"현찌, 내가 뭐라고 그랬어! 물 마시지 말라고 했지? 대박 났어, 언니 말이 맞다고!"

그러나 예상외로 들뜬 목소리가 수화기에서 흘러나왔다.

"네 몸 보고 반응 난리 났다고. 현지현 근육짤이 지금 난리라고. 여덕들이 소 떼처럼 몰려온다, 어? 그러니까 현찌, 내 말을 들어야 돼 안 들어야 돼?"

…그렇지. 감량하느라 탈수 직전까지 절수를 했으니 근육의 선명도가 끝내줄 건 당연했다. 하지만 그

근육으로 나는 아무것도 못 했는데, 그리고 물 한 잔만 마시면 바로 흐려질 선명함인데, 다들 거기 속는다고? 지현은 의아했다. 하물며 무엇보다, 쌈루타가 꽂아 넣던 그 무시무시한 유효타들을 보지 못했단 말인가? 그걸 보았으면 첫째, 지현이 아니라 쌈루타의 팬이 되어야 마땅하며 둘째, 지현이 경기에서 이길 거라고 절대 생각하지 못할 텐데 어떻게 승유는 이렇게 태연할 수 있단 말인가?

내 승패가, 승유에게조차 그다지 중요한 건 아닌 거였나?

지현이 입을 꾹 다물고 있는데 승유의 목소리가 다시 수화기에서 들려왔다.

"그나저나, 쌈루타 걔는 지금 욕을 엄청 먹더라?"

"뭐? 욕을? 왜?"

"무임승차! 네 라이브에 다 찍혔다구. 아니, 물론 좀비 때문에 맘 급해서 그렇다 치자. 하지만 남의 나라에 돈 벌러 와서 그러고 있으니 욕을 안 먹어? 야 잘됐어, 걔가 무임승차 안 했으면 좀비 때려잡는 거

이슈될 뻔했는데. 주먹질 잘하면 뭐 하냐? 인간이 되어야지."

하지만, 그건, 그 카드의 주인은 사실. 지현이 자초지종을 설명하려 했으나 승유가 더 빨랐다.

"완전 다행이야. 난 너 지면 욕 직쌀나게 얻어먹을까 봐 걱정됐는데, 쌈루타 덕분에 이제 걱정이 없다야. 이기든 지든 욕먹는 건 한국 땅에서 범법 행위 저지른 외노자 아니겠니? 여론전에선 이미 승리야."

그러더니 말하는 것이었다.

"이번 경기, 내가 봤을 땐 압도적으로 지지만 않으면 괜찮아. 어차피 이미 쌈루타가 악이야. 나쁜 놈한테 살짝 진다고 해서 주인공이 욕을 먹더냐? 아니지, 오히려 서사로 싸악 포장할 수 있다고. 그러니까 우리 현찌가 신경 쓸 건 뭐다? 비주얼이다. 선혈을 파바박 튀기면서 악에 맞서 싸우는 아름다움을 보여 주면 된다, 이거지. 현찌, 너 지금 실트 간 것도 알지? 너 실트 간 적 있어? 아이돌 때 병크 말고?"

지현은 대강 통화를 마무리했다. 그러고는 바로

SNS에 접속했다. 여성 운동 계정들이 지현의 몸을 계속해서 리트윗했다. 그들은 지현의 복근을 확대해 감탄하고 있었다. 어떤 이들은 논쟁을 벌이는 중이었다. '벗은 몸을 과시하는 것이 주체적이라는 개소리를 누가 하는가?' 누군가 화를 내며 남초 커뮤니티의 성희롱성 댓글을 캡처해 올리자 다들 왈가왈부했다. 내가 운동해서 만든 내 몸을 드러내지도 못한다면 그거야말로 성차별적 자기 검열이 아니냐, 하는 의견에 지현은 자기도 모르게 하트를 눌렀다가 서둘러 취소했다. 열폭하지 말라는 댓글에도 자꾸만 하트를 누르고 싶었다.

어쨌거나 지현은 소비되고 있었다. 알려지는 중이었다. 이게 얼마 만인가. 게다가 질 게 당연해 보이는 경기에서, 저도 욕을 먹지 않을 수 있다니. 오히려 고난을 겪는 주인공 롤로 사랑받을 수 있다니.

상상도 하지 못했던 일인데.

자신이 아는 모든 커뮤니티에서 에고 서치를 마친 지현은 그제야 쭈뼛거리며 참숯방 밖으로 나왔다. 쌈루타는 보이지 않는데, 매콤한 라면 냄새가 진동하고 있었다. 배 속에서 천둥 같은 소리가 났다. 그러고 보니 아무것도 먹고 마시지 않은 지 몇십 시간째더라.

냄새의 진원지를 찾아 매점 쪽으로 향했다. 좌상에 냄비를 올려놓고선 그 옆에 배를 깔고 누워 졸고 있던 쌈루타가 기척에 고개를 들었다. 지현은 냄비를 내려다보았다. 라면보다는 만두에 스팸에 계란에 기타 등등, 매점에 남아 있는 온갖 재료를 다 때려 넣은 부대전골에 가까운 비주얼이었다. 맙소사. 지현은 MSG와 가공육을 더없이 사랑했다. 어려서부터 학습된 저렴한 입맛 덕이랄까.

"너무 많이 해서. 너도 먹을래?"

쌈루타가 말하며 손등으로 눈을 비볐다. 지현은 고마워, 라고 말하고 싶었으나 입에서 나온 건 엉뚱한 물음이었다. 라면 끓이는 법은 어떻게 알았어? 태국 라면이랑은 다르지 않나?

"라면 봉지 뒤에 적혀 있잖아."

"한국말… 말 말고, 읽을 수도 있어?"

"대충."

쌈루타는 대답하며 수저를 지현의 오른쪽으로 짝 맞춰 놓아 주고서는, 작은 국그릇에 건더기와 국물을 가득 담더니 건네며 덧붙였다.

"이런 한국 예절도, 알지. 손님한테 먼저 퍼 드려야 하잖아."

그러고선 본인 그릇에 천천히 면발을 담는 것이었다. 그 두 팔 사이로, 지현은 쌈루타가 좌상 아래 내려 놓은 핸드폰 화면을 보고 말았다.

숏츠 하나가 재생되고 있었다. 쌈루타가 개찰구를 뜀틀처럼 뛰어넘는 영상이었다. 댓글창도 열려 있었다. 한글을 읽을 줄 아는 쌈루타가 모두 알아들을 수 있는 말들.

손님에게 먼저 퍼 드려야 하는 동방예의지국의 사람들이 내뱉는 저열한 속내들.

놀랍게도 자책이나 미안함이 먼저 생기지 않았다. 결국엔 지현 때문에 이런 일이 벌어졌음에도. 대신 조금 전 봤던 트윗 중 하나를 기억해 냈다. 팔로워가 꽤 많은 여성 헬스인의 것이었다.

'근데 태국 선수, 좀비 때려잡는 거 졸라 멋있는데. 약간 현지현 선수 보호해 주는 느낌임. 자매애 오짐. 둘이 피 튀기게 싸우고 경기 다 끝난 다음 껴안고서 뽀뽀 갈기는 투샷 보고 싶다.'

그렇지. 자매애. 그런 걸 또 사람들이 많이 원하지. 그렇다면 일단 지금 이마 맞대고 밥 먹는 장면을 보여 주어야 할 것이다.

지현은 좌상 밑에 손을 집어넣어 핸드폰을 쥐었다. 무심코 라이브를 다시 켰다. 정말로 가슴에 손을 얹고 말하건대, 불순한 의도는 전혀 없었다—아니, 그렇게 주장하고 싶었을 뿐인가—. 그저 내일 서로를 죽일 것처럼 주먹을 섞을 두 사람이 같이 이마 맞댄 채 부대찌개를 퍼먹고 있다는 게 넘치는 자매애를 보일 수 있는 훌륭한 그림이 아닐까, 하는 전직 연예인 특유의 직감 때문이었다.

빠르게 올라가는 댓글 수가 지현을 자극하기도 했

다. 덧붙여 변명하자면, 둘이서 그런 다정한 모습을 보여 주면 쌈루타에 대한 댓글도 조금은 순화되지 않을까 싶었다. 왜일까? 왜 쌈루타에게 순화된 댓글을 보여 주고 싶었을까? 절대 쌈루타에게 호감이나 동료 의식이 있어서는 아니었다. 오히려 두려움과 경쟁의식이 강했지. 악플을 읽는 쌈루타를 동정해서도 아니었다. 그렇다면 남은 이유는 딱 하나. 아까 느낀 거대한 쪽팔림. 그래, 그렇다. 지현은 한민휘를 좋아해 한국말까지 배운 쌈루타에게 한국 사람들이 그런 댓글을 남기는 게 쪽팔렸다. 그렇게 양식 없는 인간들만 있는 건 아니란 사실을 보여 주면 안심이 될 것 같았다.

그러나 쌈루타에게 라이브를 켰다는 말은 하지 않았다. 왜? 거절할까 봐. 혹은 연예인이 아니라 일반인이기에 자신의 모습이 송출되는 걸 알면 자연스럽게 굴지 못할까 봐. 아니다. 사실 그런 건 부차적이다. 애초에 지현에게는 촬영이 상대의 동의를 거쳐야 한다는 개념 자체가 존재하지 않았다. 자신은 사는 내내

99

동의 없는 피사체가 되어야 했으므로. 정체도 소유자도 모르는 렌즈에 대고 웃어야 했으므로.

하지만 막상 수저를 들고 음식을 입에 넣으니 본인조차 라이브의 존재를 까맣게 잊고 말았다. 미뢰가 환호했다. 전신의 신경이 말단까지 부르르 진동했다. 잔뜩 통통해진 면발과 불어 터진 만두, 그리고 짝퉁 아닌 진짜 스팸. 평생 먹은 음식 중 가장 맛있었다. 족히 5인분은 되어 보이던 부대전골을 게 눈 감추듯 해치웠다. 훈제란과 즉석밥도 두당 두 개씩 배 속에 들어갔다. 풍부한 탄단지에, 하루 권장량의 열 배쯤 될 나트륨까지 더해지자 온몸이 신명 나게 둥실둥실 부어올랐다. 복근은 진작 사라졌다. 하지만 알 바인가? 배가 부르니 확실히 기분이 좋아졌다. 눈앞의 쌈루타는 라면 봉지를 하나 더 쥔 채 뜯어 말어, 고민을 하는 중이었다. 지현은 그 모양을 가만히 보다가 저기, 하고 쌈루타를 불렀다.

"네가 생각해도 네가 이길 거 같지?"

"뭐, 해 봐야 알지."

쌈루타가 고개를 저었다. 지현이 다시 물었다.

"근데, 이기든 지든 문제는, 너 집에 어떻게 돌아갈 거야?"

그렇다. 원인 불명의 좀비 바이러스 탓에 출입국은 완전히 봉쇄되었고 기간은 당연히 무한정. 언제 국면이 바뀔지 예상할 수 없었다. 둘이서 외부와 단절된 채 희희낙락 전골이나 끓여 먹고 있지만, 이 충만하고 순수한 만족감은 그저 고민을 회피하고 유예하는 것에서 오는 거짓 기분일지도 몰랐다.

"너 돈 많아? 여기서 버는 것보다 더 쓰고 가야 하는 거 아니야? 파이트머니 얼마 받기로 했냐?"

"400달러."

대략 50만 원? 지현의 절반이었다. 하지만 뭐….

"음, 뭐 그 정도면 나쁘지 않지. 너네 나라 회사원 월급으로 따져도….."

"거기서 프로모터한테 200달러, 코치한테 150달러까지."

"그럼 네 몫은….."

"50달러. 그리고 한국에서 쓰는 내 경비는 내가 내야 하고."

지현은 기함했다. 1박에 2만 원짜리 싸구려 모텔에서만 머물고 5000원짜리 편의점 도시락으로 하루 한 끼만 먹는다 쳐도 사흘도 못 버틸 돈을 벌기 위해 한국에 와서 이 수모를 겪고 있다고?

"왜 그렇게 열심히 살아? 적자잖아."

그러자 쌈루타가 되물었다.

"너도 많이 받는 건 아니잖아? 그리고 너도 절반은 뜯길 거 아니야."

듣고 보니 정말이었다. 쌈루타의 두 배라고는 하지만 어쨌거나 자신의 대전료도 변변찮았다. 목숨 내놓고 두들겨 맞는 경기에 800달러. 그중 절반은 프로모터에게 뜯길 터였다. 그러게. 내가 이걸 왜 하고 있을까? 지현은 한 번도 고민해 본 적 없는 질문에 맞닥뜨렸다. 돈을 위해서는 절대 아니다. 진짜 돈을 벌고 싶었다면 천 쪼가리를 걸치고 BJ를 했을 거였다. 다시 스타가 되고 싶은 건가? 적어도 승유의 목표는 그것인 듯했다. 그러나 지현은 아니었다. 일거수일투족을 평가받고 싶지 않았다.

"게다가 한국 물가는 우리나라보다 훨씬 높은데. 그 돈 받아 봤자 너한테는 얼마나 가는데?"

정곡을 찔렸다. 사실 어린 시절의 지현은 가난에 비해 경제관념이 없었다. 이유는 충분했다. 연습생 때는 한 푼도 쓰지 않았다(물론 그게 다 회사에 진 빚이 되었다). 데뷔해서는 매니저가 수족이 되었다(편의점에도 마음대로 갈 수 없었다). 그룹에서 쫓겨난 후에는 한동안 히키코모리로 칩거했고, 그 후에도 자취방에서 3분 거리인 체육관에만 다녔다. 무언가 조금이라도 골치 아픈 일이 생기면 바로 승유에게 SOS를 쳤다. 그러니까 한마디로, 지현은 겨우 100달러를 받고 경기하는 것이 부당한 대우라는 사실을 알지 못하거나, 알아도 눈감을 수 있는 위치에 있었다.

그렇게 자각하고 나자 자신이 더없이 한심해졌다.

*

　연습생 시절, 회사에서는 아무리 사정이 좋지 않다 애원해도 아르바이트를 금지시켰다. 헝그리 정신은 옛날 얘기고 요새 대중들은 곱게 자라 구김살 없이 해맑은 아이들을 좋아한단 논리였다. 지현을 제외한 모든 멤버들이 다 그런 처사에 반감 가질 리 없는 가정에서 자랐다. 지현은 학교 매점에서 과자 하나 사 먹을 돈도 없었지만. 월말 평가회가 끝나면 1등을 한 연습생이 밥을 쏘는 전통이 있었는데, 지현은 1등을 하지 않기 위해 무진 애를 쓰곤 했다. 그러면서 1등을 따라 난생처음 발을 들여놓는 음식점들에 눈이 휘둥그레 커지는 것이었다. 1등을 한 아이들은 때마다 아무렇지 않은 듯 '엄카'로 밥값을 결제했다.

　그렇게도 피하던 1등을 한 적이 딱 한 번 있었다. 내일 맛있는 저녁 기대할게, 하고 모두가 웃으며 연습실을 떠났다. 돈이 없는데. 그러나 모두의 전통을 거스를 용기는 부재했다. 혹시 그런 것으로 미운털이

박힌다면 데뷔조에 들어가지 못하게 될지도 몰랐다. 가뜩이나 구김살 없는 아이를 강조하는 회사 아닌가. 어쩌다 멍청하게 1등을 했지. 눈물이 방울방울 떨어졌다. 돈을 어떻게든 만들 방편이 없을까? 생각하며 가장 늦게 연습실을 나왔다. 어떻게 해야 하지? 학교에 가서 삥이라도 뜯을까? 지나가는 사람의 뒤통수라도 쳐야 하나? 중고 거래 사이트에서 사기라도 칠까? 아님 회사에 들어가서, 선배 아이돌 멤버의 후드 집업이라도 훔쳐 와야 하나?

회사는 강남 한복판에 있었다. 오토바이를 탄 이들이 골목을 누비며 각종 사진이 박힌 종이를 표창처럼 흩뿌리는 시간이었다. 어린 지현은 벽을 따라 터벅터벅 걷다 벽보 하나를 발견했다. 상큼하고 활발한 여대생 찾습니다, 최고 시급, 재미있게 대화만 나누면 됩니다, 당일 알바도 환영.

다음 날 지현은 밥을 살 수 있었다.

그러나 다시는, 그 어떤 아르바이트 공고도 믿을 수 없는 인간이 되어 버렸다. 그게 지금 일을 하지 않

105

는 이유이기도 했다. 어디 가서 말한다면 꿀 빨던 연예인 주제에 변명한다고 욕이나 먹겠지만 정말이지 고용주란 작자들을 믿을 수가 없었다.

*

지현에게서 답이 없자 쌈루타는 화제를 자기 쪽으로 돌려 주었다.

"나는 괜찮아. 무슨 일이든 잘해." 쌈루타가 말했다. "돈 떨어져도, 다시 비행기 다닐 때까지 한국에서 무슨 일이든 다 할 수 있어."

"일을 한다고?" 지현은 그 옛날의 벽보를 떠올렸다. 당장 말리고 싶어졌다. 제아무리 때려 죽여야 할 상대방이라 하더라도.

"열 살 때부터 엘보로 맞으면서 돈 벌었는데, 이 정도 일은 아무것도 아니지."

"무에타이에서 엘보를 쓰던가?"

"그럼. 주먹은 거기 비하면 아무것도 아니야."

지현은 몰랐다. 다리를 사용한 공격이야 복싱에서는 철저히 금지된 행위이니 생각 자체를 안 하고 있었는데, 팔꿈치로도 때릴 수가 있구나. 자신의 팔꿈치를 슬그머니 내려다보았다. 지금까지 지현에게 팔꿈치란 그저, 꺼메지지 않고 항상 '소녀스러운' 분홍빛을 띠도록 세심하게 관리해야 하는 신체 부위에 지나지 않았다.

팔꿈치 관리법 하나. 매일 샤워 시 뜨거운 물로 팔꿈치를 적신 후 굵은 스크럽제로 벅벅 문지른다.

팔꿈치 관리법 둘. 팔꿈치를 절대 그 어느 곳에도 대지 않는다. 특히 테이블 위에 두 팔을 올리지 않는다. 밥을 먹을 땐 언제나 두 팔을 식탁 아래로 내린다.

팔꿈치 관리법 셋. 물에 시금치와 미나리 그리고 당귀를 넣고 팔팔 달인다. 약수가 가득 찬 컵을 좌우 양쪽에 놓고 팔꿈치를 그 안에 담근 채 30분을 버틴다. 그 시간 동안 회사에서 지정해 준 책을 읽는다. 요샌 골 비어도 욕을 먹으니 반드시 책 읽는 이미지가 필요하다. 책은 대부분 시집이다. 가장 짧기 때문이다.

팔꿈치 관리법 넷. 반팔을 입고 밖에 나설 때마다 팔꿈치에 틴트형 립밤을 아주 얇게 바른다. 립스틱도 틴트도 아닌, 착색되지 않는 '틴트형 립밤'이어야 한다. 행여나 옷에 붉은 기가 묻는다면 '소녀적 팔꿈치'에 대한 대중의 환상을 깨버릴까 두렵기 때문이다.

잠깐만.

그런데, 지금 그 팔꿈치로, 누군가를 때린다는 소리지?

어떤 방식으로? 어떻게?

복싱을 열심히 해 오긴 했으나 그저 커리어 유지를 위한 수단으로만 여겼던 지현은 다른 격투기에는 일절 관심을 가지지 않았었다. 그래서 팔꿈치를 이용하는 타격법을 전혀 상상할 수 없었다. 흥미가 동했다. 어차피 시간은 넘쳐나고 배는 부르고 몸은 따뜻해 기분도 좋았기에 물었다.

"팔꿈치로 때리는 기술이 뭔데? 나도 가르쳐 줘."

숟가락을 쭉 빨고 내려놓은 쌈루타가 바로 가드를 올렸다. 지현이 엉거주춤 함께 팔을 올렸다. 그러나 쌈루타는 고개를 젓더니 지현의 팔을 더 위로 고쳐주었다. 쌈루타가 고쳐 준 가드의 위치는 복싱의 그것보다 훨씬 높았다. 그러고는 몸을 웅크리지 말라고 일렀다.

"몸 펴. 구부리지 말고."

"왜? 구부리지 않으면 바디고 뭐고 다 오픈된 거 아니야?"

"그럼 한번 웅크려 볼래?"

지현은 복싱의 기본자세대로 다시 몸을 구부렸다. 그때 별안간 시야를 무언가가 번쩍, 막았다. 깜짝 놀라 물러섰다. 펄쩍 뛰었다가 바닥에 내려앉은 쌈루타가 킬킬 웃고 있었다.

"그래, 방금처럼 그렇게 무릎으로 쉽게 공격당할 수가 있거든."

"무릎으로도 때린다고 했지, 참."

"박치기만 아니면 다 하지. 정강이로도 때리고. 발바닥으로도 밀어내고."

무릎엔 분홍색 하이라이터. 정강이엔 하얀색 하이

109

라이터. 춤추느라 엉망이 된 발바닥은 최대한 숨겨야
하는 대상이었으나 언젠가 한 번 시골 나들이 콘셉트
의 예능에서 공개해야 할 일이 있었다. 그 전에 회사
에서 발바닥 각질 제거와 발가락 미용 경락을 시켜
줬던 기억이 났다.

"발바닥으로? 신발 신고?"

"복싱 말고 다른 격투기는 아무것도 모르는구나?"

당연했다. 하고 싶어서 한 것도 아니었으니.

"무에타이 경기는 맨발로 하지."

"정강이에 보호대 차?"

"그럴 리가 없잖아."

"그럼 차는 사람도 똑같이 아픈 거 아니야?"

그러자 쌈루타가 쿡쿡 웃었다.

"아프지. 처음에는. 다리 전체에 시퍼렇게 멍이 들
고. 근데 오래 하면 신경이 무뎌져서 그런가, 괜찮아."

"그걸 왜 해?"

물론 지현은 자신의 물음이 세간이 생각하는 멋진
운동선수답지 않다는 사실을 알고 있었다. 왜 하나

고? 해야 하니까 하겠지. 생활을 영위할 방도가 그것 밖에는 없으니까. 뭇사람들의 편견과 달리 스포츠를 직업으로 하는 이들에게는 거창한 정의도 문학적인 목표도 없는 경우가 태반이다. 그냥, 일이다. 물론 올림픽에라도 나가면 온갖 미사여구를 머리에서 쥐어짜 인터뷰를 하겠으나 그건 그때 생각할 문제다.

쌈루타의 대답도 같았다.

"먹고살려고 했지."

그러나 뒤에 뭔가가 이어졌다.

"근데 왜 굳이 그 종목이어야 하냐, 물으면 내 몸이 다 무기가 되는 거니까 좋았어. 팔꿈치도 정강이도 무릎도 쓸 수 있게 되니까. 물론 내일은 주먹 말고는 쓰지 않을 거지만."

"근데 있지, 나도 보는 눈이 있거든? 너 주먹만으로도 충분히 세던데?"

"그럴까? 잘 모르겠어. 사실 우리나라 관계자들은 뭐라고 했냐면, 그냥 지라고. 어차피 내가 한국인 이기고 랭킹 올라가 봤자, 그 뒤에 경기 유치할 돈이 없으니 지든 이기든 상관없대."

그리고 덧붙였다.

"그러니까 어쩌면 지금 좀비들이 생겨난 건 나한텐 기회일지도 몰라. 더 주목을 많이 받겠지. 경기 끝나고 나서도, 바로 출국하지 않아도 되니까 무슨 일이라도 할 수 있을 거야. 그러니 한국에서 돈 많이 벌어가야지. 겨우 파이트머니 50달러 받고 갈 뻔했는데. 차라리 다행이야, 좀비들이 생겨난 게. 나는 돈 많이 벌어서 갈 거야. 남들이 다 망해도 나는 어떻게든 살아남을 거야."

지현이 까맣게 잊은 좌상 아래에서는 그들의 대화가 계속 라이브로 송출되고 있었다. 댓글도 열심히 올라가는 중이었다.

06

   혹독한 계체량 후에는 경기 전까지 끝없이 음식을 밀어 넣어 본래의 체중과 에너지를 되찾는 과정이 필수였다. 쌈루타는 2차 식사를 준비하겠다며 일어서서는 또 찬장과 냉장고를 열심히 뒤져 댔다. 이름 없이 통에 담긴 각종 식재료의 정체를 몰라 혼자 씹고 뜯고 맛보고 즐기며 법석을 떨었다.

   참, 열심히 산다. 지현은 생각하며 그 뒤에서 귀에 에어팟을 낀 채, 아주 빠르게 편집되어 어느새 SNS를 통해 퍼지고 있는 쌈루타의 음성을 몇 번이고 돌려 재생했다. 밥을 다 먹은 직후, 상 밑에 있던 핸드폰을 쥔 지현은 비로소 자신이 이 상황을 라이브로 송출하고 있었다는 사실을 알고는 기함했다. 그러나 그 라이브를 본 이들의 반응을 보고서는 더 놀랐다. 그들은 모두 몹시 분개하고 있었다. 파이트머니 50달러 받고 출입국이 봉쇄되어 굶어 죽게 생긴 쌈루타의 결연에 찬 선언이, 엉뚱하게도 한국 땅에서만 좀비가 출몰하는 사태에 환호하는 사이코패스 예비 불법체류자의 협박으로 취급되는 중이었다.

특히 경기를 위해 쌈루타가 받은 비자가 친선경기를 위한 C-3-1 단기일반 비자라는 사실이 어디선가 누설되었고 그 때문에 더 비난이 거세졌다. 좀비 사태에 가뜩이나 열받아 뭐든 탓하며 불태우고픈 사람들의 뇌관에, 또렷한 의도 아래 편집된 쌈루타의 언어가 불을 붙인 격이었다.

말하는 거 들었냐, 하고 사람들은 와글댔다. 우리나라 사람들은 생명에 위협을 받고 있는 중인데 저 외국인은 이게 '기회'란다. 우리 땅에서 일을 하겠다고? 무슨 기술로? 알고 보니 무에타이는 사람 죽이는 살상용 무술이라더라. 뒤통수를 때려도 반칙이 아니라더라. 그런 마인드를 가진 사람이 우리 땅에 머무르며 무슨 짓을 벌일지 누가 알겠는가? 이 혼란을 틈타 강도를 벌일지, 그쪽 세력과 결탁해 장기 매매라도 할지 누가 알겠는가?

어떤 부모는 아이가 울며 말하는 영상을 올렸다. "나는 죽고 싶지 않아. 나는 한국 사람들이랑 살고 싶어. 외국인은 싫어. 좀비보다 외국인이 더 싫어. 좀비는 나를 죽이지 않아. 외국인은 나를 죽일 거야."

그걸 보는 지현은 조금 헷갈렸다. '그럼에도 불구하고'라는 트렌드를 충직히 따르며 산을 오르고 캠핑을 하고 자기 계발에 힘썼던 이들이 왜 이제 와서 작금의 상황을 대단한 비극으로 치장한단 말인가? 그 이중적인 잣대는 어디서 비롯되는가?

✻

"냉장고에서 이거 찾았어. 뭔지 잘 모르겠는데 알

려 줄 수 있어?"

혹 곁으로 다가온 쌈루타의 말에 지현이 놀라 몸을 웅크렸다. 승유가 보낸 메시지를 읽던 중이었다.

[됐어, 여론은 이제 완벽해, 심지어 얘네도 네 편 들고 있다니까?]

첨부된 링크를 열지 않아도 썸네일만으로 '얘네'가 누군지 알 수 있었다. 아이돌 시절엔 외모로 씹고, 병크 터졌을 땐 인성 개차반이라고 씹고, 복서가 되고 나서는 페미코인 탄다고 씹던 연예 전문 렉카 유튜버들. 그들마저도 이번엔 오히려 지현의 상대인 쌈루타에 대한 린치에 동조했다는 거였다.

다행히 쌈루타가 훔쳐보기 전 때맞춰 뜬 재난문자가 화면을 가렸다. 좀비에 관련된 내용일까 했는데, 한파경보였다. 자정부터 기상청 관측 이래 가장 심한 한파가 예상된다나. 뭐, 찜질방 안에 죽치고 있는 사람에게 피부로 와닿는 이야기는 전혀 아니었다. 밖에서 좀비가 더 기승을 부리겠지 싶었을 뿐이었다.

지현은 허둥지둥 핸드폰을 등 뒤로 숨긴 채, 쌈루

타가 내민 것을 맛보았다.

"어어, 이거 젓갈이야. 오징어는 아닌데 뭔지 모르겠네…. 어쨌든 밥이랑 먹는 거."

쌈루타가 돌아섰다. 지현은 얼른 귀퉁이의 어둠에 몸을 묻은 후 다시 핸드폰 화면을 켰다. 승유에게서 전화가 오고 있었다. 얼른 매점을 나가 찜질방을 가로질러 참숯방으로 들어섰다. 행여나 쌈루타가 쫓아올까 싶어 출입문을 마주보고 앉았다.

"혹시나 해서 하는 말인데 현찌 너, 지금은 무조건 가만히 있어. 절대로 쌈루타 편 들어주지 마. 오해라느니, 알고 보니 착한 애라느니, 그런 얘기 절대 안 돼. 네가 져도 사람들은 다 네 편이거든? 근데 네가 입 열고 실언이라도 하면, 그다음부턴 무조건 시합 이겨야 욕 안 먹어. 그러니까, 내가 하라는 대로 해."

지현은 눈을 끔벅였다. 하지만 내 인성, 두 글자만 들어도 치가 떨리는 그 인성이란 단어를 되찾을 순간이 지금 아닌가? 그놈의 인성 논란으로 바닥에 곤두박칠쳤던 현지현이, 스포츠맨십에 의거해 하자 많은

117

상대방을 포용하는 모습이 더 팔릴 법하지 않나? 성장 서사, 그런 거잖아.

지현은 물었다.

"하지만 지금 사람들 반응, 너무 인종차별적이지 않아? 내가 그런 거 아니라고 사람들을 좀 진정시켜야 하지 않을까? 언니가 맨날 그랬잖아. 착하게 굴라고. 겸손하게. 배려하면서. 특히 여자들한테."

그러자 수화기 너머에서 승유가 컹, 하고 웃는 소리가 났다.

"뭐야아, 나 좀 놀랐어. 현찌 너도 나름 컸네, 그런 계산을 다 하고? 이제 어른이라 이건가?"

달가워하는 기색이 전혀 아니었다. 그런 분위기쯤은 지현도 파악할 수 있었다. 그래서 눈을 질끈 감고 천천히 대답했다. 언니 아니야, 생각해 보니까 그건 아닌 거 같아. 내가 뭘 알겠어, 언니 말대로 할게.

"그래, 너 내 말 안 들으면 또 나락 가. 나 없었음 지금쯤 폐인 되거나 어디서 몸 팔고 있을 거잖아."

"응, 맞아. 언니 말이 맞아."

"그러니까 현찌, 일단 언니 말 들어. 쌈루타는 나쁜 년이야."

"으응, 나쁜 년."

"그리고 라이브 다시 켤래? 지금 반응 엄청 좋거든. 이렇게 물 들어왔을 때 확 노 저어야 돼, 알지?"

왜 그렇게까지 열심히 살아야 하는 걸까. 비열할 정도로 치열하게 사는 사람의 두 콧구멍에선 이산화탄소가 남들보다 두어 배는 풍풍 뿜어져 나오지 않을까. 그럼 차라리 죽어 버리는 게 전 지구의 안위를 위해서는 훨씬 이롭지 않으려나.

아아, 죽고 싶다. 아아아, 너무나 피곤하여 정말 죽고 싶어.

지현은 그렇게 속으로 중얼거리며, 서둘러 상 앞에 앉았다. 짭짤하고 콜콜하게 곰삭은 냄새가 나는 젓갈이 앞에 있었다. 혀와 이 사이로 침이 고였다. 쌈루타가 밥을 푹, 퍼서는 납작한 접시 위에 얹어 건넸다.

"너네 나라에서도 이런 거 먹어? 너넨 맨날 과일 먹

고 그러지 않아? 망고랑 망고스틴이랑 파인애플이랑 두리안이랑….”

지현이 밥과 젓갈을 한 번에 입에 넣고서는 우물거리며 물었다. 쌈루타가 고개를 저었다.

“우리도 짠 음식 많이 먹어. 안 썩잖아.”

“그렇기야 하지. 원래 그, 가난하고 그러면 이런 음식 또 많이 먹고, 그러지. 신선한 것보다는. 나도 어렸을 때 가난해서 젓갈이랑만 밥 많이 먹었는데.”

그러자 쌈루타는 가만히 지현을 보더니 말했다.

“나 가난하지 않아.”

“…어?”

“무에타이 경기도 많이 하고, 체육관에서 코치도 열심히 했고. 돈 벌어서 부모님 집도 사 드렸어. 딸도 둘 있는데 둘 다 좋은 학교 다니고.”

“뭐? 딸이 둘이라고?”

“어. 열다섯 살이랑, 열 살.”

좀비 사태의 한복판에서 남의 부엌을 뒤져 먹을 수 있는 것들을 찾아내는 생활력은 양육의 경험에서 온 건가? 지현은 엉뚱한 생각을 하며 입을 떡 벌린 채로 쌈루타를 보았다. 그런데 왜 여기에?

"그럼 왜 겨우 50달러 벌자고 한국까지 와서 경기를 하는데?"

그러자 쌈루타는 쾌활하게 대답했다.

"유튜브로 중계해 준다길래. 엄마가 한국에서 초대받아 경기하는 거, 딸들한테 보여 주고 싶어서."

그러니까 듣자니 자초지종은 이러했다. 자국에서의 진지한 무에타이 커리어는, 아이들이 태어나기도 전 이미 끝났다고 했다. 지금은 관광객용 쇼 전문 선수일 뿐. 돈을 내고 현지인과 경기를 하겠다고 도전하는 서양인 선수에게 일격을 당하고 링에 드러눕는 연기를 해 주는 역할을 10년 넘게 해 오고 있다고 쌈루타는 설명했다. 그러니 아이들은 엄마의 멋진 모습을 본 적이 없다고.

엄마가 전력을 다해 경기하는 모습을 처음으로 보여 주기 위해 이곳에 왔다고.

지현은 좌상을 내려다보며 속삭이듯 물었다.

"…겨우 그런 이유 때문에 여기까지 왔다고?"

지현은 지금까지 자신이 쌈루타를, 그 가공할 주먹에도 불구하고, '불쌍히' 여겨 왔다는 사실을 문득 깨달았다. 가난할 거야, 불행할 거야, 착취당할 거야, 그러니 저렇게 생명력이 넘치지, 라 넘겨짚으면서. 그러나 아니었다. 돈도 있고 가족도 있는 와중에 지현을 제물로 바쳐 행복을 찾겠다는 거였다. 심지어 딸들이 원해서라니, 신파를 섞은 사연까지 갖추고 있다는 것 아닌가.

지현은 허겁지겁 밥이나 퍼먹었다. 마침 젓갈이 진짜 맛있었다. 이 젓갈 누가 만들었나. 별 의도 없이 중얼거리다가 머리를 쥐어뜯었다. 이 젓갈을 담그거나 산 이는 이미 죽었거나 죽은 것과 같이 되었을지 모르니까…. 적어도 젓갈이 한국산이라면….

좋겠다….

"딸들이 너를 정말 사랑하나 봐? 나는 아닌데. 자식이 있는 것도 아니고. 내가 처맞아도 울어 줄 사람은 없을걸? 부럽네, 참."

지현은 무심코, 아니, 실은 무심코가 아니라 밀려드는 자신의 옛 기억에 잠식되어 어쩔 수 없이, 일부러 날선 질문을 던졌다. 다만 그 날의 끝이 쌈루타가 아니라 지현 자신을 향하고 있었다. 현지현이라는 사람의 삶을 연속체로서 지켜보고 응원해 주는 사람이 없단 것—지현은 격변하는 엔터 산업의 희생양이었다—, 대중은 언제나 분절된 부분만을 보고 쉬이 판단하려 한단 것—지금 지현과 가장 가까운 이들은 모두 '전직 아이돌 현직 복서 현지현'에 비중을 두고 있었다. 누구도 지현을 괴롭히는 지현의 과거를 알지 못했다—, 남뿐 아니라 가장 가까워야 하는 가족마저 그렇단 것—말을 말자, 가족 대신 가좆이라 말하고 싶었다—, 그 모든 현재를 지현은 곱씹을 수밖에 없었다.

그러니 서서히 미칠 듯한 억울함이 틀었던 똬리를 풀며 목구멍 위로 올라오기 시작했다. 내가 가지지 못했던 것들을 모두 가진 사람, 심지어는 내일 나를 이길 사람. 쌈루타가 그런 사람이구나, 생각하고 나니 매일 땅속으로 푹 꺼져 죽어 버리고픈 마음을 누르며 살아왔던 게 대단히 억울해졌다.

쌈루타는 해맑게 말을 이었다.

"사실 애들은 맨날 내가 부끄럽다고 해. 첫째도 사춘기고, 둘째는 완전 공주 스타일이라 나 삭발한 거 보고 오열을 했지. 근데 그래도 좋아. 살기 힘들 때마다 걔네들 때문이라고 나한테 주문을 걸면 내가 버텨. 딸들을 위해서 하는 게 아니야. 딸들을 위해서 한다고 나를 속이며 힘을 내는 거지."

어딘가 익숙한 논리였다. 고루했다. 그래서 지현은 발끈했다.

"내가 장담하는데 나중에 너, 분명 딸들한테 그런다? 내가 널 낳아 놓고서 키우느라 이만큼 희생했다, 그러니까 허튼 수작 부리지 말고 다 갚아라, 그렇게 행패 부리고 싶은 마음 들걸. 난 그런 논리 잘 알아. 너 그거, 완전 폭력이야, 어린애들한테!"

"그런 말 하지 않으려고 스스로 열심히 사는 거지. 그리고…"

쌈루타는 여전히 웃으며 지현의 얼굴을 똑바로 바라보았다.

"그리고, 맞다. 사실 제일 좋은 건 우리 애들이 너를 알더라고. 네가 아이돌이었다며? 케이팝 아이돌이랑 엄마가 경기를 한다고 흥분해서 난리가 났어."

"…내가 연예인인 걸 원래 알았다고?"

"응. 매치 성사됐을 때부터 알았는데?"

"그럼 내가 왜 그만뒀는지도 알아?"

쌈루타는 부정하지 않고 머리를 긁적였다. 지현이 재차 묻자 모르지는 않았다는 대답이 날아왔다. 그리고 이어진 말이 더욱 충격적이었다.

"사실은 네가 나 몰래 라이브 켜 놓은 것도 다 알아. 내 얼굴을 비추려거든 허락을 받았으면 좀 더 좋았을 텐데. 그건 아쉽더라."

"그걸 네가 어떻게 알아?"

"딸들이 실시간으로 다 보고 메신저로 말해 줬으니까. 괜찮아, 뭐. 나는 이해해. 너도 어떻게든 살아야 할 거 아니야."

뭘 이해해? 화를 내, 얼른 화를 내라고! 지현은 겨드랑이와 사타구니가 축축하게 젖는 불쾌한 감각을 느꼈다. 깨알만큼 작아진 지현이 자신의 뇌 주름 사이를 마구 건너고 헤집으며 쌈루타에게 대응할 말들을 발굴하려 무진 애를 썼다. 호미와 쟁기, 삽과 포클레인. 머릿속에서 중장비들이 돌아가는 소리가 시끄럽게 메아리쳤다.

하지만 쌈루타가 선수를 쳤다.

"하지만 고마워, 진짜. 그 라이브 덕분에 나는 더 기회를 많이 얻을 테니까."

고맙다고? 그럴 순 없어. 너는 지금 욕을 죽어라 먹고 있다고. 그런데 대체 어떻게 태연할 수가 있지, 정작 나는 이토록 혼란스러운데? 그런 말들이 지현의 입술 안쪽에서 마구 소용돌이쳤다. 그러나 밖으로 나오지는 않았다.

"거의 행복할 정도로 고맙지. 왜냐면, 내일 수많은 사람들이 보는 앞에서 나는 이길 거니까. 내가 누군지 알리고 갈 거야. 한국 사람들이 무시하고 차별하는 거, 중요치 않아. 아마 판정까지 가면 무조건 내가 졌다고 하겠지. 하지만 나는 너를 완전히 다운시켜서 이길 거야. 그리고 관심도 돈도 얻을 거야. 미안하지만, 다들 너를 창피해할 수도 있어. 어쩌겠어? 나도 목표가 있어서 온 건데 말이야. 그리고 이건, 정정당당한 스포츠잖아."

＊

너랑 나는 되게 모순적인 관계구나. 분명 나는 너를 무시하고 싶었는데 너는 내일 이길 거고, 딸들은 너를 영웅으로 생각할 거고, 내게는 너무나 먼 행복이란 단어를 그렇게 쉽게 쓸 줄 아는 사람인 거고. 나는 남들이 하는 대로 편법과 거짓을 열심히 몸에 둘러 보았는데도 행복하지 않고. 생계는 막막하고 누구도 나를 진짜로 좋아하지는 않고, 맨날 죽고 싶다고 말은 하지만 정작 진짜 죽을 용기는 없이 가장 생명력 넘치는 분야에 뛰어들었고. 그리고 이제는 별일을 다 하고 있어, 가슴을 드러내고 갈사 직전의 몸을 자랑하고.

그럼 우리 둘 중에서 누가 착한 놈인 거고 누가 나쁜 놈인 거야? 맞잖아, 양질의 서사에는 언제나 착한 놈과 나쁜 놈이 있어야만 하잖아. 나는 착한 놈이야. 나는 그렇게 생각해. 그렇게 되고 싶어. 그런데 정말일까? 내가 진짜 착한 놈이라면 나에게 모두가 응원을 보내야 했어. 하지만 그렇지 않지. 그럼 내가 나쁜 놈인 걸까?

지현은 그러나 안에서 소용돌이치는 수많은 말 중 어떤 것도 밖으로 내뱉을 수 없었다. 그냥 조용히, 라이브를 껐다.

✳

고요한 찜질방 안에서 쌈루타가 낮게 코를 골고 있었다. 지현은 핸드폰 화면을 보았다. 부재중 전화 열통. 모두 승유에게서였다. 받기 싫어서 받지 않았더니 이번엔 메시지를 보내왔다. 설마 시합 취소라도 되는 걸까, 싶어 미리보기로 확인했더니 그냥, 정말 사랑한다며, 잘 자라는 안부 메시지였다. 그따위 말을 하려고 열 번이나 전화를 해? 평소 지현은 유일한 제 편인 승유의 연락과 말 한 마디 한 마디에 전전긍긍하곤 했지만, 지금은 그럴 힘조차 없었다.

식도를 할퀴는 뜨거운 것이 속에서 치밀어 올랐다. 익숙한 감정. 크게 논란거리가 되고 은퇴를 당하고 난 뒤에는 자신을 다스리는 방법을 최대한 단련해 왔다고 믿었는데. 이제는 허리를 더듬는 손에도, 주먹질을 통해 밑바닥 인성을 해소하는 거냐는 헛소리를 하는 낯짝에도 무감해질 수 있게 되었는데. 그런데다 헛짓이었다. 뭐라도 던져 깨부수고 싶어 죽을 지경이었다.

분노를 참으려고 애를 썼다. 가령 이런 상상을 이용하면 어떨까. 흔한 성장형 리얼리티 프로그램, 혹은 서바이벌에 출연하고 있다고 가정하는 것이다. 머나먼 타국에서 온 삭발 언니와 대립 구도를 보이지만 정정당당하게 상대의 능력에 감탄하는 성숙한 자세가, 대중에게 사랑받는 데엔 필요하다. 더하여 자신의 부족했던 삶을 돌아보고 눈물을 조금 흘린다. 마지막으로는 승패와 상관없이 정정당당한 한판을 벌이는 모습을 보인다. 나름 좋은 그림 아닌가. 이기면 더 기쁘겠지만, '졌.잘.싸.'도 괜찮지 않나. 승유가 말했듯 어차피 지금의 악역은 이미 쌈루타니까.

게다가, 이번 경기는 어쩌다 보니 좀비들이 날뛰기 시작한 이 시점 가장 시기적으로 가까운 대국민 이벤트가 되어 버리지 않았나. 경기는 본디 유튜브로만 중계될 예정이었으나 좀비 사태 후 방송사들이 뒤늦게 거금을 대며 뛰어들었다고 했다. 심지어는, 경기 결과에 상관없이 지현을 섭외하겠다며 문의를 해 온 셀럽과 티브이 프로그램들이 어마어마하게 많다고 승유는 전했다. 바짝 분위기가 달아올랐을 때 이런저런 콘텐츠를 발 빠르게 찍으면 지현은 곧 '떡상'할 것이다.

그런데 하나도 가슴이 뛰지 않았다. 행복해질 것

같지도 않았다. 화만 났다. 왜일까. 자신이 이길 거라고 쌈루타가 장담하듯 말해서? 그래서 무시당한 기분이 드는 걸까? 하지만 실력 차이가 난다는 사실을 이미 지현 자신이 알지 않나. 그런데 왜?

지현은 쿵쿵 뛰는 심장을 안고서는 비척비척 일어나 주방으로 갔다. 싱크대를 물끄러미 응시하는데, 어딘가 이상했다. 분명 마지막으로 내가 정리했던 것 같은데, 뭐가 이렇게 다르지? 지현은 싱크대를 천천히 살펴보았다. 그리고 세 번쯤 훑었을 때 비로소 알아챘다.

네가 요리를 했으니 내가 설거지를 하겠다고 지현이 쌈루타의 몸을 뒤로한 채 나서서 열심히 닦은 식기가, 지현이 쌓아 놓았던 것보다 훨씬 가지런히 정리되어 있었다. 심지어 온갖 때가 눌어붙어 있던 곳들도 모두 깨끗했다.

다시 정리했구나.

그 광경을 보고 지현의 머릿속 안전핀이 팅 소리를 내며 뽑혀 나갔다. 누군가 뒷머리를 마구 잡아당기는 듯한 통증이 일었다.

*

보통 분노를 촉발하는 트리거는 아주 작은 곳에서
오곤 했다. 사람들이 이해도 발견도 해 주지 않을 정
도로 작은 곳에서. 그러나 정작 그 트리거가 발동한
후엔, 사람들은 마치 자신은 평생 이성적으로 살 확
신이 있단 것처럼, 부담감과 스트레스에 눈깔이 돌아
버리지 않을 자신이 있는 것처럼, 그리고 악행으로
피어날 씨앗 따위 가져 본 적 없는 것처럼 지현을 욕
했었다.

그런 종류의 트리거가 또다시 발동했다.

플라스틱 그릇들을 와르르 내팽개치고 싶었다. 그
러나 자는 쌈루타를 깨우면 더 창피해질 것만 같았
다. 쌈루타 앞에서 엉엉 울음을 터뜨릴지도 몰랐다.
그럴 순 없어서, 움직이지 않으면 미쳐 버릴 것 같아
서 아무렇게나 발이 닿는 대로 달음질쳤다. 여탕 타

일을 밟으며 지나고 나니 카운터에 이르렀다. 이곳 스파가 저승 가는 직행 코스라는 소문이 좀비들 사이에도 널리 퍼졌는지 어쨌는지, 난방이 되지 않는 카운터는 찜질복 아래 드러난 팔에 소름이 오스스 돋도록 싸늘했지만 막상 초록색 얼굴은 두엇밖에 없었다. 숨만 몇 초 꾹 참으면 지나칠 수 있을 거였다.

지현은 카운터 책상 위에 보란 듯 올려져 있는 열쇠와, 거기 붙은 견출지의 네 글자를 발견했다.

'보일러실'.

열쇠를 쥐었다. 곧 보일러실을 찾아냈다. 안쪽에서 문을 잠그고 밸브를 살폈다. 그러나 어디가 어디에 연결된 건지 알 수 없어서, 그냥 모든 밸브를 다 닫아 버렸다. 열심히 돌아가던 보일러의 요란한 소리가 잦아들었다.

푸후, 하고 참았던 숨을 내쉬었다. 서늘했지만 그래도 버틸 만한 온도 같았다. 불안하지 않았다, 적어도 좀비는 잠근 문을 따고 여기 들어오지는 못할 테니까. 지현이 저체온증으로 앓는 것보다, 더 이상 난방이 되지 않는 찜질방에 들어온 좀비들이 코를 심하게 고는 쌈루타를 찾아내 무는 게 더 빠르지 않을까. 그때까지 기다리기만 하면 되는 거였다. 찜질방 온도는 빠르게 식겠지. 기록적인 최강 한파라고 재난문자에서 말하지 않았는가.

스파의 장소성을 학습한 좀비가 침입하지 않을지도 모른다는 불안감이 들었다. 산 사람의 호흡을 감지해 스파 안으로 들어올 수 있도록 빠르게 들숨날숨을 반복하기 시작했다. 쑵하, 쑵쑵하하. 이왕 추워진 김에 춤도 격하게 추기로 했다. 몸도 따뜻해지고 좀비도 불러오고, 일석이조일 테니까. 데뷔곡에서부터 활동 중단 시절까지의 곡을 두 번씩 췄다. 그 안무들을 몸이 다 기억했다. 그러고 나서는 섀도도 했다. 찜질복으로 갈아입고 주먹을 휘두르던 쌈루타를 생각하면서, 걔가 스텝을 어떻게 옮겼더라, 어떤 콤비네이션을 주로 썼더라, 기억해 내려 노력하면서. 자신이 봤던 그대로를 따라 해 보았다. 특히 리버 샷을. 리

134

치가 길어 주로 아웃복싱을 하는 지현으로서는 제대로 연습하지도 않았고 써먹을 일도 드물 기술이지만, 쌈루타의 흉내를 내 보았다. 빌어먹을 폐활량이 너무 좋아서, 숨이 찰 때까지는 정말 한참의 시간이 걸렸다. 이마에서 땀이 뚝뚝 떨어지고 있었다.

겨드랑이 아래로 땀자국이 한 뼘쯤 진하게 늘어질 때쯤, 드디어 문밖에서 마치 짐승이 내는 듯한 호흡 소리와 발소리가 나기 시작했다. 사람의 발화를 닮았지만 뭉개진 탁성들도.

좀비들이었다. 지현이 의도한 대로 좀비들이 오고 있었다.

07

지현은 소스라치며 일어났다.

몇 시지? 허리춤을 뒤적거리다가 핸드폰이 없다는 걸 깨달았다. 설마 핸드폰을 밖에 두고 왔던가. 돌이켜 보니 그랬던 것 같았다. 잘 정리된 식기를 보고서 일종의 광기에 휩싸여서는 낡은 찜질복 차림으로 뛰어나와 일을 저질러 버렸으니. 아무리 되짚어도 핸드폰까지 챙긴 기억은 나지 않았다.

지하 보일러실에 창문 따위 있을 리가 없었다. 얼마나 잤는지, 오전인지 오후인지도 알 방도가 전무했다. 숨이 턱 막혔다. 그제야, 자신이 무슨 짓을 했는지 깨달았다. 방어할 방도를 생각지 못하고 공격만 퍼부은 꼴이었다.

나는 여기서 나갈 수 없다. 밖에 좀비들이 가득할 테니까.

왜 그런 짓을 저질렀단 말인가? 이제 와 후회해 봤자 무슨 소용이 있겠냐마는, 지현은 우두커니 서서 입술을 곱씹으며 과거의 자기 자신에게 물었다. 언제나 그렇듯 실컷 사고를 친 하이드가 책임도 안 진 채 퇴장하고 나면, 왜소한 지킬이 비척비척 등장해 비로소 자기 인식을 시작하기 마련이었다.

어떻게든 이기겠다는 마음. 그것은 아마도 열등감에서 촉발되었다. 열등감. 가족에게 사랑받고, 좀비에게 리버 샷도 척척 날리고, 내일 경기를 앞둔 상대방에게 맛있는 식사도 차려 줄 수 있을 만큼 관대하며, 고승의 잠언처럼 있어 보이는 말도 할 줄 아는 쌈루타에 대한 열등감.

왜 그렇게 화가 났던 걸까. 사실 열등감을 일으키는 모든 요소는, 강한 주먹만 뺀다면, 지현이 자기 삶에 필요 없다고 스스로에게 주지시키던 것들이었다. 토끼 같은 가족? 관심 없어. 요리 능력? 시켜 먹으면 되지. 지금이야 돈이 갈급하지만, 자기 말만 따르면 다시 승승장구할 수 있다는 승유의 호언장담을 믿는다면 섭섭지 않게 들어올 예정이었다. 아주 잠깐만 화제가 되어도 대기업 임원 쌈 싸 먹을 정도의 월수입을 올릴 수 있다는 게 연예인을 위시한 셀러브리티의 계산법이니까. 게다가 출국길이 막혔으니 쌈루타는, 경기의 결과가 어떻든 금세 서울 빈민이 될 게 뻔했다. 온갖 허드렛일을 하면서 간신히 연명하겠지.

게다가 가장 중요한 건, 정작 인간 현지현은 별로 살고 싶어 하지 않는다는 거였다. 안락사 합법화를 한반도에서 가장 원할 인간이라 해도 무방했다.

그런데도 부러웠다. 넌 이런 열악한 상황에서 왜 행복해하는 거지? 참을 수 없어. 기분 나빠. 그렇게 생각하던 찰나 자신이 공들여 설거지해 놓은 그릇들을 말도 없이 다시 정리한 결과물을 보았고, 그러자 자신이 정말 하찮아 보였고, 그러니 눈이 돌아 버렸고, 어떻게든 이기고 싶었다. 그러나 이길 방법이 없잖아? 이기지 못한다면 부수고라도 싶었다. 그리고 가장 확실한 길을 찾자니 딱 하나가 있었다.

경기 자체를 취소시키는 길.

물론 경기가 취소된다면 지현 역시 잃을 게 없지는 않았다. 챔피언 결정전이라는 이 기회가 아무렇게나 만들어지지 않는다는 것을 알고 있었다. 선수의 운동만큼이나 중요한 게 그 윗사람들의 정치였다. 승유는 지현을 이 자리까지 올리기 위해, 그리고 이 시합을 성사시키기 위해 수많은 골프 모임과 식사 자리 및 술자리에 불려 다녔다고 했다.

"언니가 현찌 너 때문에 룸살롱에도 가고, 세상에."
승유는 프로 복싱 판에서 몇 안 되는 여자 관장이었고, 높은 어르신들은 그런 여자 관장 앞에서 일부러 더 더러운 짓을 하는 악취미를 가지고 있었다. 아마 그러면 면죄부를 받을 수 있다고 생각한 건지, 아니면 더한 정복감을 느끼게 되는 건지. "그 노인네들이 더듬는 여자애들을 현찌 네가 봤어야 하는데. 엄청 어리고 엄청 예쁘고 어찌나 골이 비었던지. 현찌 넌 진짜, 언니한테 잘해야 해. 걔네랑 현찌의 차이는 딱 하나잖아. 언니를 만났느냐 그렇지 않느냐." 그렇게 말하며 승유는 만족감 가득한 웃음을 짓기도 했다.

그렇게까지 만든 경기가 취소된다면 미래는 어떻게 되는 걸까.

하지만 몇 시간 전의 자신은 그런 거 생각할 힘 따위 가지고 있지 않았다. 그저 빠른 속도로 이상한 결론에 도달했을 뿐이었다. 현지현의 귀책사유 없이 이 시합이 취소되는 길이 하나 있단 것. 좀비들이 그걸 이뤄 줄 수 있다는 것.

거기 골몰하다 보니, 막상 일을 저지르고 난 후의 자신이 어떻게 이곳을 빠져나갈지는 안중에도 두지 않았었다.

자학 같은 자각이 그즈음까지 이르자 급작스레 아

랫배가 빵빵해졌다. 혹독한 계체량 후 쌈루타가 해준 음식을 그리 가열차게 먹어 댔는데, 순간적인 스트레스까지 받았으니 과민성대장증후군을 앓는 환자로서는 당연한 결과였다.

큰일이다.

눈앞이 팽팽 돌고 식은땀이 나기 시작했다. 그러나 보일러실에 그냥 배설해 버릴 수는 없었다. 구조대가 왔을 때 자신이 벽에 똥칠 된 보일러실에 있는 장면을 어떻게 설명할 것인가.

수단과 방법을 가리지 않고, 지리기 전에 화장실에 도달해야만 했다.

숨만 참으면 돼. 지현은 생각했다. 숨을 최대한 참으면서 화장실에 갔다가, 핸드폰을 찾고, 보일러실로 다시 돌아와 구조를 요청하면 될 것이다. 기억 속 스파의 구조를 고려해 머릿속으로 동선을 그렸다. 다행히도 지현은 복잡한 동선 외우기엔 자신이 있었다. 댄스 담당인데 그쯤이야.

혹시나 어딘가에 있을지 모를 좀비들이 자신을 감

지할까 두려워서, 심호흡도 하지 못한 채 문을 열고 뛰쳐나갔다. 숨을 참아 얼굴이 시뻘겋게 변한 채로 카운터를 쏜살같이 통과했다. 여탕 입구 즈음에서 더는 견딜 수 없어 푸후, 하고 숨을 딱 한 번 내쉬었다. 그러고는 머리를 도리질하며 다시 달렸다. 귓속에서 쿵쿵거리는 소리가 울렸다. 저 앞의 화장실 표지가 십자가처럼 지현을 응시하고 있었다. 감추고 있는 속내를 모두 드러내야 하는 곳, 그러지 못하고 조금이라도 마음을 숨기거나 깨끗하고 고상한 척을 한다면 절대로 온전히 구원받을 수 없는 고해의 장소.

참 이상하지, 어린 지현의 눈에는 속에 든 썩은 것을 화장실이 아닌 밖에 보란 듯 배설하고 전시하는 이들이 더 잘 사는 것만 같았는데. 화장실을 소유한 자들이 그 화장실을 이용하는 게 아니라 밖까지 마저 화장실로 만들며 세를 떨치는 것만 같았는데. 마치 오줌발을 더 멀리 휘갈길수록 서열이 올라가는 소년들의 세상처럼. 그런데 정작 그 모양새를 따라 해 본 자신은 왜 이렇게 괴롭기만 한지 모를 일이었다.

낡은 도기가 화장실 안에서 우두커니 자신을 기다리고 있었다.

*

속에 든 것을 화장실에서 다 쏟아 내고 나와 매점 쪽으로 향했으나 어디에도 핸드폰은 보이지 않았다. 좀비들은 겨우 너덧 정도가 돌아다니는 중이었고 그마저도 무슨 이유에서인지 굉장히 느리고 둔했다. 사위가 서늘한데도 그랬다. 반팔 반바지 차림의 피부에 오스스 소름이 돋았다.

분명 보일러실로 뛰어가기 전 매점까지는 핸드폰을 들고 있던 게 확실한데, 핸드폰은 대체 어디 간 걸까. 지현은 쌈루타가 잠을 자던 자리에도 가 보았다. 쌈루타는 흔적도 없고 대신 낡은 찜질복 상하의가 떨어져 있었다. 설마 혼자 경기장에 간 건가 싶어 혼비백산하여 탈의실로 달려갔다. 다행히 쌈루타의 커다란 캐리어도 더플백도 평상 위에 그대로 놓인 채였

143

다. 시합 용품이 여기 있으니, 먼저 시합장에 간 것은 절대로 아닐 터였다.

그런데 쌈루타는 뭘 입고 사라진 거지. 제정신이라면 알몸으로 밖에 나가지는 않았을 텐데, 설마 이미 좀비가 되어 추위를 느끼는 통각이 마비된 걸까. 이성이 사라져 발가벗고 이국의 거리를 쏘다니는 존재가 된 걸까.

그나저나 시간을 알아야 했다. 탈의실 한쪽 벽에 커다란 LED 시계가 있던 걸 생각하며 그쪽으로 조심해 걸었다. 숨은 계속 최대한 참는 중이었다. 출입구와 가까운 탈의실 쪽은 기온이 더 낮았다. 방심할 수 없었다.

시계를 찾았다. 붉은 글자가 경기 당일 오전 9시임을 알려 주었다. 아직 시간이 남아 있었다. 물론 미친 하이드 씨가 의도했던 것처럼 스파 내부가 아비규환이 되진 않았으나, 쌈루타가 아직 경기장으로 출발하지 않은 건 확실해 보이니 숨을 잠시 돌려도 될 듯했다. 하지만 이놈의 핸드폰은 도대체 어디로 증발한 걸까? 지현이 스파에서 나간 적이 없으니 이 안에 있을 텐데.

지현은 핸드폰 없이는 단 1분도 버티지 못하는 현대인이었다. 연습실에서, 헤어메이크업 숍에서, 음방 대기실에서 하릴없이 시간을 죽여야 했던 시절 핸드폰에 완전히 중독되었다. 1분에 한 번씩 자신의 이름을 검색했다. 반강제로 그룹에서 퇴출당한 후에도 그 짓을 반복했다. 그리고 새 계정을 만든 후, 자신에게 악플을 다는 사람들의 계정을 팔로우했다. 그들이 평소에 얼마나 저열한 사람인지를 스스로 확인하고 싶어서였다. 똥 묻은 개가 겨 묻은 개 나무란다고 하던가. 그들이 똥칠한 개라는 증거를 모으지 않으면 버텨 낼 수 없어서 지현은 계속 그 짓을 반복했다. 그러나 악플을 다는 이들의 수가 줄어들면서 그마저도 어려워졌다.

가끔은 핸드폰을 없앨까도 생각했다. 사람들의 관심에 목매는 삶으로부터 멀어지려 노력해 보면 어떨까. 그러나 그럴 때마다 귀신같이 승유가 달라붙어

145

재기를 운운하며 불을 지폈다. 결국 복싱 선수 생활을 시작한 뒤에도 그 습관은 나아지지 않았다. 현지현이라는 이름을 언급하는 새 글이 전혀 올라오지 않는 날이 길어지면 길어질수록, 핸드폰은 뜨거워져만 갔다.

지현은 불안감에 손톱을 물어뜯었다. 어제의 라이브에 대한 여론은 어떻게 되었을까, 설마 내가 보지 못한 동안 방향이 바뀐 것은 아닐까, 얼마나 많이 영상이 퍼졌을까, 를 먼저 생각했다. 막상 더 중요한 의문은 그 뒤에 간신히 이어졌다. 승유에게 무슨 연락이 왔을까, 내가 답하지 않으면 어떻게 되지. 그리고, 어제 전화라도 받을걸, 이라는 후회. 아, 아니다. 자신이 계속 답하지 않으면 스파로 구조대 같은 걸 보낼지도 몰랐다. 차라리 구조대가 타고 온 차를 이용해 좀 더 편하게 경기장으로 갈 수 있을지도. 그런데 그러면 구조대가 지현만 찾지는 않을 터였다. 반드시 쌈루타의 부재를 따져 물을 텐데. 그러면 뭐라고 답해야 하나? 자는 동안 갑자기 사라졌다고?

정신을 차려 보니 실컷 씹은 손톱 끝에서 피가 나고 있었다. 일단은 옷을 갖춰 입고 경기장으로 향하기로 결정했다. 경기장에만 가면, 가서 승유를 찾기만 하면 다음은 승유가 알아서 다 해 줄 거였다. 핸드폰이야 새로 개통하면 되는 거고. 세상이 망해도 핸드폰 대리점은 멸종하지 않을 테니까.

계체량 후 여태껏 몸을 씻지 못했다. 팔을 들어 올려 쿵쿵 겨드랑이 냄새를 맡아 보고선 기함했다. 이 몸으로 구조대든 뭐든 맞이할 상상을 했다니 정말 제정신이 아니구나, 현지현. 중얼거리며 여탕으로 향했다. 우뚝 선 샤워기 아래 들어가 무심코 수전을 빨간 동그라미 쪽으로 돌린 후 물을 틀었다. 그러고는 비명을 질렀다. 보일러를 꺼 둔 지도 한참이니 온수가 나올 리 없다는 걸 깜박했다.

비명을 지르느라 흐트러진 호흡을 감지한 좀비 두엇이 어디선가 나타나 천천히 걸어왔다. 물 때문에 더는 가까이 못 올 테지만, 어쨌든 지현은 두 팔로 다 벗은 몸을 어떻게든 가리려 애를 썼다. 학창 시절 미술 교과서에서 봤던 그림 속 여자들이 아마 이런 자세를 하고 있었지, 하는 허튼 생각이 자꾸만 꼬리를 무는 걸 보니 자신 역시 제정신이 아닌 게 분명했다. 좀비들은 다가오지 못하면서도 그 자리를 벗어나지 않고 우두커니 서서 지현의 알몸을 아래위로 훑어보았다. 둘 다 남자라는 게, 아니, 남자'였다는' 게 지현을 가장 두렵게 했다. 한 명은 넥타이까지 갖춰 맨 양복, 다른 한 명은 예비군인지 헐렁하게 풀어헤친 군복 차림이었다.

이가 위아래로 딱딱 부딪쳤다. 냉수 세례를 벗어나면 좀비의 공격을 받을 것이요, 만약 좀비를 피하고자 이 물줄기 아래 계속 머문다면 저체온증으로 회까닥 요단강을 건널지 모르는 상황이었다. 어떻게 해야 하지. 지현은 사시나무처럼 떨면서 생각했다. 나, 어떻게 해야 하지. 멍청한 구제불능의 나, 정말이지 왜 이런 상황을 만들어 낸 걸까.

만약 쌈루타라면, 이렇게 공포에 질리지 않고 헤쳐 나갔을 텐데.

'쌈루타'였다면.

그 세 글자의 힘이란. 별안간 오기가 피어올랐다.
내가 못 할 게 뭔가 싶었다. 지현을 헐뜯지 못해 안달
이 난 렉카 계정들은 복싱 선수로서의 현지현이 온
갖 편법을 써서 석연찮은 판정승을 연달아 거둔 선수
라고 폄하하곤 했지만 그건 맹세코 사실이 아니었다.
운동 한 번 제대로 안 해 본 것들이 그런 말들을 하지.
얼마나 죽을힘을 다해 훈련했는지 알지도 못하면서.
인터벌 러닝을 하다가 주저앉아 왁왁 토한 적도, 어
깨가 너무 아파 울면서 샌드백을 친 적도, 감량을 하
다가 현관문 앞에서 쓰러진 적도 있었다. 스파링 상
대의 갈비도 코뼈도 부러뜨려 보았다. 체력과 리듬감
은 타고났다는 평도 자주 들었다. 상대 선수들도 판
정에 이의를 제기한 적은 전혀 없었다.

매일 죽고 싶다 염불을 외면서도 그 정도의 에너지
를 방출할 수 있는 사람이 흔한가?

전혀.

물론 리버 샷을 자유자재로 쓰기는 좀 힘들었다.

지현은 체중에 비해 큰 키 탓에, 주로 바깥을 빙빙 돌며 유효타를 한두 대 던지고 도망가는 아웃복서 스타일이었으니까, 상대에게 바짝 붙어 바디를 때리는 동작은 익숙지 않았다.

하지만 리버 샷이 쌈루타의 장기라면, 지현 자신에게도 특기는 있었다. 가공할 폐활량과 긴 팔다리를 이용한 거리 유지. 상대가 들어오기 전에 계속해서 작은 주먹들을 던져 리듬을 끊고 공격 의욕을 꺾는, 그런 수 싸움. 빠른 스피드로 작은 주먹을 던지면 상대는 당황해 느려지곤 했다. 게다가 그 상태로 몇 라운드 동안 계속 연타를 맞으면 결국 데미지가 쌓이기 마련이었다. 티끌 모아 태산, 성실하게 쌓는 한 방 한 방. 그게 지현의 특기였다.

지현은 수전에 손을 올리고서는 침을 꿀꺽 삼켰다. 해낼 수 있었다. 좀비는 정말 느리니까. 링 위의 상대가 저 정도 속도라고 치자. 그렇다면 솔직히, 왼손만으로도 조져 버릴 수 있었다.

상상한 그대로를 실행했다. 좀비들은 리버 샷을 맞았을 때처럼 녹다운되진 않았지만 얼굴을 향한 잽 몇 번을 맞고는 뒤로 주춤거리며 물러났다. 지현의 주먹이 물에 함빡 젖어 있었던 것이 행운이기도 했다. 나중엔 좀비의 얼굴 근처에 대고 손의 물방울만 털어 대도 꽁무니를 뺐다. 별거 아니었다! 해 보니까 되는 거였다! 좀비를 쫓아낸 지현은 조금은 얼떨떨한 마음으로 얼른 탈의실에 들어서서 수건으로 몸의 물기를 닦았다. 너무 추워서 제자리뛰기를 수십 번 했다.

　몸이 얼추 마르자 승유가 비싼 돈 들여 특별히 주문해 준 경기복을 더플백에서 꺼냈다. 아이돌 시절의 무대의상보다도 화려하고 노출이 많았다. 협찬해 준 스포츠 브랜드의 로고가 자수로 새겨져 있었다. 연예계 은퇴 후 받은 첫 협찬이었다. 협찬이 들어왔다는 이야기를 승유가 해 줬을 때, 감격해 얼마나 울었던지.

　소중한 경기복을 평상에 펼쳐 놓았다. 경기복을 먼

저 입었다가는 화장품이 묻을까 봐, 찜질방 옷차림으로 일단 화장부터 시작했다. 잠수하듯 숨을 참다 아주 잠깐 산소를 들이마시기를 반복하면서 얼굴을 가꿨다. 눈앞이 핑글핑글 돌았다. 어제 레게 머리를 땋은 후로 머리를 감지 못해서인지 두피가 근지러웠다. 경기를 끝내는 즉시 머리부터 풀어 버리리라 생각했다. 어차피 경기 시작하면 몇 분 지나지 않아 땀으로 범벅이 될 텐데 이 화장이 무슨 소용인가, 스스로도 의아했으나 지현은 이제 확실히 알 것 같다고 여겼다. 대중이 지금의 자신에게 원하는 것은 스포츠에 진지하게 임하는 전사의 기개가 아니라는 사실을.

평소에 느끼는 당혹감과 분노를 쏟아부어도 아무런 해를 끼치지 않는 대상이 사람들에겐 필요했다. 그 쓰레기통이 한때는 지현 자신이었다. 겪은 바 없는 초현실적 사태로 대중이 품은 당혹과 분노의 게이지가 하늘을 뚫을 듯한 지금은, 다행히 더 욕하기 쉬운 쓰레기통이 나타났다. 국산 아니고 예쁘지 않으니 괴롭힐 명분 확실한, 쌈루타라는 쓰레기통. 그러나

의외로 사람들이 원하는 것은 그 쓰레기통을 걷어차는 멋진 히로인이 아니었다. 그들이 원하는 것은, 자기 대신 그 쓰레기통에게 괴롭힘을 당해 줄, 그래서 분노할 명분을 만들어 주는 무고한 미인이었다.

그들은 그 미인에게 감정 이입할 것이다.

쓰레기통에 대한 심판은 그들이 린치의 형태로 해 줄 것이다.

손을 빨리 놀려 화장을 얼른 마무리했다. 마지막 단계로 라이터를 켰다. 끝을 부러뜨린 면봉을 불로 지진 후 속눈썹에 갖다 대었다. 일종의 고데였다. 예전엔 이런 것도 다 다른 사람들이 해 주곤 했는데. 그때가 그립나. 스스로에게 질문했다. 비참해질 것 같아 답은 하지 않았다.

자꾸 잡생각이 났다. 마치 이미지 트레이닝을 하듯, 자신을 바라보는 타인의 시선에 대해 생각했다. 만약 이 모든 난장의 뒷얘기를, 즉 쌈루타를 해하기 위해 보일러를 껐다는 사실을 사람들이 알게 된다면 지금의 나를 어떻게 평가할까, 자문했다.

놀랍게도 바로 답이 나왔다.

죽자 살자 달려들어 물어뜯을 것이다. 부당한 비난을 받는 외국인을 관망하고, 사실관계를 바로잡지도 않고, 해 주는 거나 날름날름 얻어먹다가, 좀비에게 물리라며 난방까지 끈 미친년. 그래 놓고서는 예뻐 보이고자 화장이나 하고 있는 인간쓰레기 현지현. 지금은 쌈루타 쪽으로 화살이 돌아가 있지만 쌈루타라는 쓰레기통이 철거되는 순간 승냥이들은 바로 옆에서 쓰레기통 아닌 척 아양을 떨던 양동이를 걷어차기 위해 모여들 것이다.

그래, 솔직히, 나도 쓰레기가 맞잖아.

자학을 시작하자마자 예고도 없이 눈물이 주르륵 흘렀다. 깜짝 놀라 욕설을 뱉었다. 맙소사, 공들인 화장이 다 얼룩졌다. 죽 뺀 눈꼬리가 뭉개졌고 광을 낸 피부 위로 축축한 길이 생겼다. 다시 세수하고 기초 화장부터 반복할 시간이 있나? LED 시계를 바라보았다. 깜박, 깜박. 붉은 숫자가 지현을 조롱하듯 움직였다. 저 빌어먹을 시계가 왜 지랄이지? 고장이라도 난 건가? 생각하며 거울로 다시 눈길을 돌렸을 때 지현의 등 바로 뒤에 누군가 바짝 다가와 있었다.

소스라쳤다. 비명도 지르지 못하고, 대신 자신을 향해 달려드는 형체를 향해 라이터 불을 갖다 대었다. 그러나 손이 떨려 떨어뜨리고 말았다. 바닥에 불이 붙었다. 형체에게 덮쳐지지 않으려 몸을 이리저리 피했다. 삽시간에 불은 평상에까지 올라왔다. 지현의 경기복에 활활 타오르는 불이 옮겨붙기 직전이었다. 지현은 형체보다 더 지독한 괴성을 내며 울부짖었다. 불을 향해 몸을 던졌다.

그리고 지현은 잠시 정신을 잃었다.

*

지현이 보일러의 전원을 끄고 잠들었던 그 시각, 서울 일부를 포함한 국내 다수 지역의 전기 공급이 일시적으로 중단되었고 가스도 나란히 그 뒤를 이었다. 공급을 정상화하기 위해 복구조가 여기저기 파견

되었으나 원인을 찾지 못하고 현장의 좀비들에게 궤멸되었다. 새벽 3시를 넘기자, 추위와 어둠에 휩싸인 건물들에 좀비 떼가 침입했다. 일부 사람들은 자가용 안으로 도피할 수 있었으나 그마저도 기름과 배터리가 다 되면 끝이었다. 좀비가 처음 등장한 지 24시간째에 벌어진 일이었다.

놀랍게도 그 사태는 24시간 동안 희희낙락, '그럼에도 불구하고' 일상을 영위했던 사람들에 대한 반감의 결과였다. 돈만 내면 난방도 가습도 어렵지 않으니 따뜻하고 촉촉한 집에서 차로, 차에서 건물로 이어지는 삶을 살았던 이들. 좀비가 출몰하든 말든 딱히 개의치 않았던 이들. 어차피 찬 기운을 맞을 일은 없고, 봄이 오면 좀비들은 자연스레 소멸할 테니 그저 작금의 상황은 일시적인 분란과 같다고 여겼던 이들. 안전한 곳에서 핸드폰 스크롤을 연신 올리고 지현을 위시한 스트리머의 영상을 찾아 왈가왈부했던 이들. 그러나 그들은 좀비가 출몰하는 비상 상황에서 추위에 떨며 근무해야 하는 사람들이 어디에 사는지,

또 그들이 도시의 어느 부분을 굳건히 지탱하고 있는지 잘 알지 못했다.

코엑스는 전기와 가스가 끊긴 후 가장 먼저 함락된 대형 시설이었다. 롯데타워와 국회와 각종 방송사들과 가장 비싼 아파트 단지들과 고급 주택가가 뒤를 이었다. 랜드마크를 먼저 점거해야 주도권을 잡을 수 있다는 사실을 좀비들은 아주 잘 알고 있었다. 군인은 무얼 했냐고? 민간인에겐 애석하게도, 열악한 환경에서 숙식하는 군인들은 좀비가 되기 참 쉬웠다. 지위가 낮을수록, 북쪽에서 근무할수록 더. 그러니 최전방은 이미 완전히 붕괴한 상태였다. 북한에서 좀비들이 줄지어 내려와 남한의 군인 좀비들과 합세했다. 이젠 그들끼리가 한민족이었다. 냉골이 된 찜질방에 들어온 좀비들이 느릿했던 이유도 그래서였다. 처음엔 제 편의 비율을 늘리기 위해 동분서주했으나, 이젠 주도권을 잡았으니 급할 게 없다는 계산이었다.

여기까지가, 연락 두절된 지현을 찾으러 레드불 스파에 온 승유의 설명이었다. 잽싼 승유가 평상에 붙은 불은 다 껐지만 이미 경기복은 한 줌 재가 된 후였고 둘은 작은 폐허를 디딘 채 서로를 바라보며 서 있었다.

얼굴에 묻은 검댕을 손등으로 훑어 내며 승유가 한숨을 쉬었다.

"너 제정신이니."

"뭐?"

"쌈루타. 벌써 경기장에 와 있어."

"걔 마우스피스도 안 가져갔어!"

"좀비가 됐는데 마우스피스가 필요하겠냐?"

맙소사. 좀비가 되었구나. 결국 내가 그렇게 만들었구나. 지현은 두 손을 꼭 말아 쥐었다. 어떤 말을 해야 죄책감을 보이지 않을 수 있을까 잠시 계산했다.

"…그 상황이 되어서도 경기를 한다고? 중단시켜야지!"

"장난해? 중단? 미쳤어? 판 더 커졌어."

"어?"

"원래 경기장 겁나 좁았던 거 알지? 거기서 안 한단

다. 영동대로 통제한 다음 겁나 큰 무대 깔아 놓고 하기로 했어. 예상 관중 10만 명."

숨이 막혔다. 임영웅 콘서트의 관객 수가 대략 4만 명 정도였던가….

"정치하는 아저씨들도 존나게 보러 온다더라. 서울시장이랑 누구랑 누구랑."

"…그럼 그 중요한 아저씨들 다 좀비 됐다고?"

"뭐 들었냐 지금까지? 죄다 좀비야, 씨발. 이제 다 쌈루타 편일지도 몰라."

"아니야, 그래도 한국 사람들이잖아!"

"아니, 한국인이어도 너는 응원 안 할걸. 그래, 대관절. 물어보자. 나도 너무 궁금했으니까. 대체 왜 네 핸드폰을 쌈루타 개가 갖고 있었냐?"

지현은 아랫배를 움켜쥐었다. 무언가 잘못되었다는 직감 때문이었다.

"내가 그러라고 라이브 계정을 줬냐? 보일러는 왜 끄냐고, 이 미친년아. 멍청한 짓은 집에서만 하라고 했지? 어떻게 그런 개또라이짓을 하냐?"

그러니까, 지현이 이성을 잃고 폭주했던 때의 그 모든 과정이 라이브로 송출되었다고 했다. 하지만 매점 바닥에 핸드폰을 놓은 이후로 그걸 들고 다닌 기억이 없는데, 보일러를 끈 장면이 어떻게 기록되었단 말인가? 지현이 둥그렇게 눈을 뜨고서는 속으로 묻자, 관심법이 장기인 승유가 대답했다.

　"네가 부대찌개 처먹다 까먹은 폰을, 쌈루타 그년이 들고 가서 찍었다고. 등 뒤에 딱 붙어서, 네가 하는 행동 다. 그게 그대로 라이브로 나갔다고, 씨발. 나야 몰랐지. 회장님들 접대하느라 바빴으니까. 하… 너는 진짜 등신이냐? 뒤에 누가 딱 붙어 쫓아다녀도 낌새를 못 채?"

　승유가 '현지현'이라는 이름으로 도출된 검색 결과를 보여 주었다. 지금의 여론은 어제와는 정반대였다. 모두 지현의 부도덕함을 씹으며, 지현 탓에 큰 위기를 겪은 쌈루타의 코리안드림을 응원하고 있었다. 분명 전날 불법체류 외국인 이야기를 하며 쌈루타를 깔아뭉개던 바로 그 커뮤니티들이 완전히 등을 돌린 채. 한국어 댓글들은 쌈루타를 응원한다기보다는, 정확히 말하자면, '한국인임을 쪽팔리게 한', '착하고 조신한 소녀이지 못한', 무엇보다 '여자의 적은 여자라는 말을 실현하는' 여자애 현지현을 자근자근 씹어대고 있었다.

'원래부터 골 빈 년이었는데 종자가 어딜 가겠나.'

누군가는 그렇게 썼다.

'저런 년들이 자아실현 한다고 나대면 나라가 이렇게 됨. 다 부엌에 가둬 놓고 3일에 한 번씩 패야 함.'

지현은 멍한 표정으로 승유를 바라보았다. 머리가 삐걱삐걱 힘겹게 돌아갔다. 어떻게 이럴 수 있지? 그러니까, 어쨌거나 댓글을 쓰는 사람들은 좀비가 되지 않은 한국인이 아닌가? 그러면 당연히 나를 응원해야 하는 것이 아닌가? 어제의 그들이라면 응당 그리해야 하는 것 아닌가? 그런데 왜? 왜 나를 욕하지?

지현의 물음에 승유는 얼굴도 보기 싫다며 눈을 질끈 감은 채 되물었다. 왜 좀비가 댓글을 달지 않을 거라고 생각하냐고. 지현은 대답했다.

"…그거야, 걔넨 저능하니까…."

"누가 저능하다고 그래? 근거가 뭔데?"

"생긴 거랑, 행동이랑… 느릿느릿… 발음도…."

"아, 그러니까, 울퉁불퉁 못생기고 발음 뭉개지고 그래서 걔들이 저능한 줄 알았다?"

"…아니야?"

"현찌, 제발. 너 어디 가서 외모로 지능 평가하는 티 내지 말아라, 응? 안 그럼 복귀고 뭐고 없어."

"여기 댓글 단 사람들은 다들 외모로 지능 평가하잖아!"

"미쳤냐? 네가 걔네랑 같냐? 걔네가 똥 먹는다면 너도 똥 먹을 거야?"

답할 말이 없었다.

"씨발 뭐, 지금 여론으로 봐서는 이미 이미지 똥 된 거 같긴 하지만. 게다가 걔네 지금 겁나 빠르게 진화 하고 있는 거 같거든? 댓글만 쓰는 줄 아냐? 이제는 말도 잘하는 좀비들이 천지라고, 하룻밤 만에. 아침 뉴스 보니까 어떤 방송사는 좀비들이 앉아서 아나운서 짓을 하고 있더라, 야."

"말도 안 돼…!"

"좀비가 생기는 거 자체는 말이 되냐? 차라리 쌈루타 대신 네가 좀비가 되든가, 씨발. 그럼 좀비 쪽에서 입덕층이라도 모았겠지, 지금 뭐 하는 거냐 진짜…."

그러더니 갑자기 두 눈을 번쩍 뜨고서는 천천히 입을 벌리는 것이었다.

"아? 잠깐만."

승유의 눈이 반짝였다.

"뭔가 돌파할 구멍이 있어…."

08

성장 서사라면, 내가 주인공이라면 이러면 안 되는 거잖아. 물론 부정적인 감정을 가지고 잘못된 행동을 할 때도 있겠지만 결국 반성하게 되지. 그리고 반성하면 세상이 잘 수긍해 주고, 과오는 금방 덮이고, 모두가 화해하며 행복해지고, 그 이후 주인공은 그 누구에게도 흠 잡힐 데 없는 인생을 자신이 원하는 방향대로 살아가게 되지. 그런데 나에겐 왜 그런 일이 일어나지 않지? 왜 이런 사태가 벌어졌지?

내가 주인공이 아니기 때문일까? 정말로, 결국은?

영동대로. 지현은 엄청난 규모의 무대로 향하는 계

단을 올라가며 필사적으로 자신이 이해할 수 있는 논리를 만들려 애썼다. 계단 하나하나를 오르는 시간조차도 아주 길게 느껴졌다. 물론 지현이 자잘한 몸부림을 치고 있기 때문이기도 했다. 카메라맨이 카메라를 내리고선 지현의 어깨를 강하게 내리치며 욕설을 뱉었다. 야, 꼴값 떨지 말라고, 그림 안 나오니까! 그 서슬에 지현은 순종적으로 어깨를 움츠렸다. 그러면서 아주 익숙한 사실을 또 되뇌었다. 어차피 중요한 건 권력이야, 주먹이 아니라….

마지막 계단에서 누군가 등을 떠밀었다. 지현은 허우적거리며 무대로 돌진하고 말았다. 무대 아래서 환호가 터져 나왔다. 부풀어 오른 성대를 타고 나오는 거친 목소리들. 좀비들이었다. 초록 얼굴의 사람들이 아래서 지현의 이름을 부르짖고 있었다. 안색과 음색을 제외한다면 그 예전 어느 날의 사전녹화 현장과 딱히 다를 바가 없었다. 전광판 어플을 사용해 메시지를 보내는 이들이 많았다. 한파 탓인지 그 누구도 느릿느릿하게 굴지 않았고, 지현은 눈을 둥그렇게 뜬 채 그들을 바라보았다.

스포츠브라도 아닌 낡은 비비안 브라 바람에, 하의
는 여전히 찜질방의 남루한 반바지 차림. 사실 그 작
은 화재로 경기복만 타 버렸지 평상복은 다 그대로
남아 있었는데, 최대한 벗어서 가련하고 비천해 보이
게 하려는 승유의 의도가 철저히 반영된 차림이었다.

"현지현 선수, 우시는 건가요?"

무대 밑의 어느 기자가 외쳤다. 지현은 저도 모르
게 활짝 웃으며 최대한 털털하게 대답했다.

"바람이 너무 차서 콧물이 나요!"

＊

야외무대 정가운데에 놓인 의자에 지현은 천천히
앉았다. 칼바람이 몰아닥쳤다. 이 근방의 광장에서
행사를 뛴 적이 있었다. 춤추고, 노래하고. 그때도 참
추웠고 지금처럼 헐벗고 있었는데. 마치 전생의 일처
럼 느껴졌다.

초록색 얼굴의 캐스터와 아나운서가 옆에서 신나게 뭐라 떠들어 댔지만 귀에 하나도 들어오지 않았다. 하지만 웃어야 해. 지현은 생각했다. 사람들이 나를 보고 있으니까, 웃어야 해. 이거 말곤 방도가 없으니까, 예쁘게 보여야 해. 주체적으로 자아를 찾아 좀비가 되려는 소녀니까, 남루해도 행복해 보여야 해. 그래야 예쁨을 받을 수 있어.

그제야 알았다. 아, 난 죽고 싶어 하는 게 아니었구나. 이토록 구차하게라도 살아야 하는 거였다. 쌈루타도 이야기하지 않았는가, 무에타이를 할 때에는 계속 지는 척만 했다고. 그렇게 살았다고. 어쩌면 승유가 내내 자신에게 하던 타박도 그 얘기일지 모른다. 그렇게 미끄러져 놓고도 현실감각을 찾지 못하고 징징대는 애. 자신이 돌봐 주지 못하면 아무것도 하지 못할 애.

지현은 군중을 멍하니 응시하다가, 왼쪽으로 고개를 돌렸다. 쌈루타와 그녀의 코치가 머무는 대기실용

천막이 거기 있었다. 지현이 주인공인 이 시간, 그 천막은 굳게 문이 닫힌 채였다. 그러나 쌈루타가 그 안에 있다는 걸 알 수 있었다. 안에서 열심히 몸을 푸는 소리가 아까부터 났으니까. 줄넘기 하는 소리, 미트 치는 소리, 섀도를 하며 기합 넣는 소리….

아마 초록색 얼굴로 그러고 있겠지. 생각하며 지현은 다시 정면을 응시했다. 지미집 카메라가 붕붕 움직이고 있었다. 아이돌 퇴출 후로 처음 보는 지미집이었다.

…그렇다면 토끼 같은 쌈루타의 자식들은 엄마가 좀비로 변한 걸 스마트폰 화면을 통해 보게 될 텐데. 엄청나게 상처를 받겠지. 지현은 짐작했고, 쌈루타의 보잘 것 없는, 그래서 고까운 행복을 침해하고 싶던 자신의 악의가 결국엔 보기 좋게 성공했다는 사실 역시 알게 되었다.

그런데 왜 기쁘지 않을까? 분명히 쌈루타의 불행이 자신의 행복이 될 거라 막연히 여겼는데.

불분명한 억양의 목소리가 설명을 이어갔다. 경기

를 앞둔 현지현 선수가 새 삶을 시작하게 해 줄 은인, 현지현 선수의 목을 깨물 위인을 역시 함부로 아무나 모셔 오진 않았노라고. 지현은 그 말을 듣고서는 아주 잠시, 자신과 스캔들이 있었던 톱클래스 남자 아이돌이나 배우라도 데려왔나 생각했다. 아니면 설마 쌈루타? 그럴지도 몰랐다.

그러나 무대에 오른 사람은 큰아버지뻘의 양복쟁이였다. 저 얼굴 어디서 많이 봤는데 누구였더라, 생각하는데 캐스터가 그에 대해 뭐라뭐라 설명하는 소리가 들렸다. 뭐 대충 들어도 대단한 인간이셨고, 지금은 서울 시장이자 가장 유력한 차기 대권 후보란다. 그러고 보니 승유가 판이 커졌다며 정치인을 운운하던 게 기억났다. 아아 그래, 결국엔 이렇게 되는 건가. 역시 권력이 최고지. 지현은 조금 맥이 빠지는 기분이었다. 고르고 고른 위인이 저 사람이라고? 저 늙은이에게 깨물려야 한다고? 젊고 잘생긴 남자도 아니고? 아니면… 아니면 승유가 내내 외쳤던 것처럼, 멋진 언니도 아니고?

하지만 이게 비즈니스겠지. 다들 이런 걸 참으며 사는 거잖아. 죽는 것에 실패하며. 지현은 생각하며 양복쟁이를 바라보았다. 그가 징그럽게 웃으며 입을 열고 뭐라 말하려 했지만, 사실 별로 말은 섞고 싶지 않았다. 그냥 빨리 깨물고 내뺐으면 좋겠다 싶었다. 희고 기다란 침이 양복쟁이의 입가에 가득했다.

저 멀리서 미미한 고함이 들렸다. 승유였다. 발버둥 치는 승유가 좀비들에게 끌려 나가며 끝까지 소리치고 있었다. 듣자니, 지현의 목을 깨물 인물이 자신이 합의했던 대상과 다르다는 얘기였다. 아마도 자신이 제의하고 상대가 거짓으로 합의한 척했을 이름 몇 개를 승유는 마구 내질렀다. 톱배우, 톱가수, 톱선수… 다 여자였다.

"씨발 내가 언제 늙은 남자를 데려오라고 했어, 씨발 언제! 남자는 안 돼, 저런 씹새끼한테 현찌 목을 줄 수 없다고!"

승유가 질질 바닥에 끌리며 소리쳤다. 그리고 지현은 웃었다. 첫째로는 승유가 자신을 아예 이용하지는 않았다는 안도감에, 둘째로는 이 권력의 구조를 내내 지현에게 아는 척했으면서 결국엔 완전히 파악하지 못한 승유에 대한 안타까움에, 셋째로는 그럼에도 자신은 결코 좀비가 되지 않은 승유에 대한 원망에. 무서웠겠지. 무서웠겠지만, 적어도 자신에게 이런 길을 택하라고 강요할 거라면 본인도 함께 길을 택한다는 액션 정도는 취했어야 했다.

게다가 승유가 세뇌시키는 것과는 달리, 지현 자신은 그렇게 멍청한 인간은 아니었다. 목을 깨무는 행위가 일종의 겁탈을 상징한다는 거, 알고 있었다. 그리고 결국 가장 큰 권력이 판을 움직일 거란 사실도, 알고 있었다. 아무리 여덕이다 뭐다 중얼거려도….

승유가 오열하는 꼴을 보며 지현은 생각했다. 맨날 나보고 바보라고 하더니 관장님, 실은 당신이 더 바보잖아…?

아, 어쩌면 기쁘지 않았던 것은 그 때문인지 모른다. 계속해서 부정하려고 했던 세상의 구조를 알아

버린 기분이어서. 지현은, 재차 말하지만, 세간의 인식과 달리 바보가 아니었다. 그 어떤 판이든, 그 무슨 일이든 그걸 감싸고 있는 외피는 서로 다를지 몰라도 구조는 동일하다는 사실을 일찌감치 직감하고 있었다. 모든 게 마트료시카 같았다. 만사의 내부에는 아주 많은 겹이 있고 지현 자신도 어딘가에 위치해 있었다. 마트료시카들은 내부에 숨겨져 있을수록 크기는 작고 얼굴은 조악했다.

지현은 자신이 이용당하는 것을 당연히 알았다. 그러나 쌈루타를 두고서는 자신보다 더 이용당하는, 더 아래층에 있어 전체적인 구조를 절대 알아채지 못할 사람이라고 생각했다. 그런 쌈루타가 자신보다 더한 행복을 과시했던 게 마치 지현에게는 일종의 공격처럼 느껴졌다. 자신보다 불행해야 하는 사람이 그렇지 않은 게 위협적이었다. 그래서 어떻게든 깔아뭉개려 들었다.

그러나 실은 '겹'이란 것 자체가 기만이었는지도. 열심히 서로의 겹을 확인하는 행위는 하층에 머무는 이들의 무용한 발악일 뿐, 가장 외부에 있는 인형들은, 그리고 그 외부만 보고서는 마트료시카를 구매하려 드는 이들은 굳이 그 겹을 하나하나 궁금해할 필요가 없는 것이다. 뭣 하러 그러겠는가? 어차피 다 똑같이 생겼는데.

마트료시카. 지현은 눈을 감은 채 반쯤은 체념한 마음으로 중얼거렸다. 어차피 모두가 그렇게 살아야만 한다면 나는 좀 더 크고 좀 더 정교한 모습이라도 되고 싶다고. 그리하여 더욱 사랑을 받고 싶다고.

시장의 새하얀 이빨이 다가왔다. 누가 봐도 라미네이트의 결과물이었다. 지현은 침을 꿀꺽 삼키며 눈을 감았다. 건조하고 차가운 입술이 목덜미에 와서 붙었다. 자글자글한 주름에다가, 건조해 따가운 가시처럼 마른 입술 껍질까지 목의 피부에 그대로 느껴졌다. 좀비가 되면 체온도 잃는 걸까. 지현은 잠시 생각했다. 그건 좋을 것 같기도 했다. 몸이 차면 찬 음식을 먹어도 설사를 하지 않을지도 모르니까. 군중들도 숨을 죽인 것 같았다. 사위가 조금씩 조용해졌다.

그런데 이 새끼, 왜 얼른 물지 않는 거야? 왜 꾸물대? 지현은 이상하게 입에 침이 고이는 걸 느꼈다. 숨을 너무 참았기 때문인가. 꿀꺽 삼키고 싶었는데 목에 입을 대고 있는 남자가 뭐라 생각할지 알 수 없어서, 흥건해지는 입을 꾹 다물고 있었다. 혹시라도 불쾌감을 드러내면 관중석의 좀비들이 언짢아할까 봐 티도 내지 못했다.

그러면서 하루에 200번 정도 하는 생각을 또 했다. 아아, 왜 이렇게까지 구차하게 살아야 할까, 고통 없이 죽을 수는 없을까, 라는 이젠 그저 자신을 따라다니는 반려동물 같은 일상적인 주문.

그 순간 입술이 둥그렇게 열리며 축축하고 징그러운 것들이 지현의 목을 핥았다. 건조한 입술 안쪽에 숨겨져 있던 축축한 살과, 두툼하고 냄새나는 혀가 함께 느껴졌다.

미친 새끼야, 이건 무는 게 아니라 성추행이잖아!

지현은 시장을 뿌리치며 벌떡 일어섰다.

대단한 용기는 아니었다. 아마 카메라가 없었다면 꾹 참았을 게 분명했다. 그러나 사방이 방송 카메라 였다. 이 새끼가 무슨 짓을 했는지 수많은 카메라가 다 찍었으리라. 다들 보았으리라. 증거가 명백한데 설마 발뺌하겠는가? 주체적인 여성 개인으로 거듭 성장하기 위해 좀비의 길을 택한 현지현이 이런 식의 성추행을 당한 현장에서 평범한 인간처럼 인내한다 면 저 아래 무수한 군중이 얼마나 실망하겠는가? 그 리고 반대로 멋지게 나선다면 그것대로 얼마나 인상 적이겠는가? 해외에서도 대서특필할지 모른다. 쌈루 타도 말하지 않았던가, 자기 딸들이 현지현을 이미 알고 있더라고!

언제 죽고 싶었냐는 듯 뼈와 살가죽 사이의 근육들 이 생명력을 빨아 마시고서는 마구 꿈틀거렸다. 지현 은 주먹을 말아 쥐었다. 수군거리는 소리가 불길 번 지듯 커져 갔다.

리버 샷, 이번에야말로 가능성이 충분했다. 지금껏

사람에게든 좀비에게든 한 번도 성공한 적 없는 레프트 보디 공격이지만 지금 상대는 아주 가까이 붙은, 그냥 좀비도 아니고, 느리고 굼뜬, 인간 시절의 뱃살을 그대로 간직한 좀비니까.

지현은 몸을 웅크리며 왼발을 45도 앞으로 디뎠다. 리버 샷은 힘 주면 안 먹혀, 각도만 잘 잡은 다음 빠르게 슬쩍 집어넣는 거야. 부대전골을 먹다가 쌈루타가 무심코 했던 말을 되새겼다. 사실 승유는 리버 샷을 대충 가르치고 넘어갔었다. 아웃복서 특유의 포인트만 쌓는 짤짤이 말고, 한방을 보여 주고 싶다는 마음이 지현에게 있었으나 승유는 대번에 묵살했었다. 현찌 너 이거 못 해, 네 스타일이랑은 하나도 안 맞는 기술이라고. 그렇게 핀잔이나 놓으면서.

지금이다. 지현은 생각했다. 심지어 첫 리버 샷의 성공이 티브이를 통해 전 세계에 중계까지 된다니 얼마나 기쁜 기회인가. 얼마나….

'욕심부리지 말고, 내가 쟬 죽이겠다 생각하지 말고, 슬쩍 그러나 빠르게 파고들어 집어넣는 걸로. 욕

심을 가지면 빠르지 않으므로, 욕심을 버리는 게 포인트. 주먹이 들어갈 때까지는 절대 힘주면 안 돼.'

역시 쌈루타가 했던 말이었다. 거기에 마치 후추를 뿌리듯, 레드불 스파나 공항시장역에서 목격했던 쌈루타의 리버 샷을 본 경험이 더해졌다. 그래, 이건 영상을 보며 남의 안무를 따는 것과 비슷한 거였다. 이 각도, 이 리듬. 지현은 몸을 살짝 돌려 숙인 후, 자신을 향해 다시 달려드는 좀비의 배에 그대로 주먹을 집어넣었다. 손깍지가 복부의 지방층에 닿는 걸 느꼈다. 됐다! 생각하고서는, 공격에 성공했다는 기쁨과 안도감에 팔을 바로 뒤로 물리지 않도록 애썼다. 섣불리 주먹을 물리면 데미지는 하나도 전달이 안 될 터였으니까. 지현은 허리를 더 틀며, 전완근에 바짝 힘을 주었다. 귓가에서 억, 소리가 났다. 이런 느낌이구나. 지현은 생각했다. 남에게 아주 가까이 붙어 필살기를 날리는 것은 이런 기분이구나.

1초 후. 지방층의 주인이 배를 움켜쥔 채 빠르게 허물어졌다. 뒹굴 힘조차 없는 모양이었다. 그렇다. 이게 가공할 리버 샷의 위력이었다. 맞고 딱 1초 후, 엄청난 통증과 함께 숨을 쉴 수 없게 된다는 것.

그리고 지현은 반으로 허리를 구긴 채 헐떡거리는 서울 시장의 뒤통수를 바라보다가 이상한 점을 발견했다.

…좀비 살은 초록색이잖아, 근데 정수리는 왜 허옇지? 머리카락이 너무 없어서?

그러나 일단은, 이미 그로기 상태가 된 시장의 얼굴에 잽과 스트레이트와 훅을 수차례 날렸다. 주먹을 날릴 때마다 광대 부근의 색깔이 빠르게 바뀌었다. 마치 물드는 단풍처럼, 초록에서 흰색으로, 그리고 다시 핏빛으로.

그러면서 알게 되었다.

시장의 초록 피부는 분장이었다.

시장이 모두를 속였다.

아니, 모두가 나를 속인 걸까?

주먹을 내지를 때마다 찐득한 초록색 화장품이 주

먹에 붙었다. 그러고 보니 초록색 염료가 벗겨진 피부에 대왕 뾰루지와 지저분한 버짐이 뒤섞여 있었다. 그래, 저런 식의 분장을 하면 피부가 완전 뒤집어지지. 두꺼운 방송 메이크업에 익숙한 지현으로서는 놀랄 일이 아니었다.

이게 뭐람. 지현은 문득 슬퍼졌다. 물론 증오심은 슬픔과는 별개라, 아니, 오히려 슬픔이 마치 기름과도 같은 터라, 분노가 더욱 불타올랐다. 서울 시장이란 이 새끼 죽이고 나도 사형이나 당할까 싶었다. 그의 얼굴 위로 지금껏 자신을 괴롭혔던 모든 이들이 지나갔다. 마치 아주 빠르게 움직이는 전광판처럼. 시장의 몸이 바닥에 널브러지자 지현은 아예 그 위에 걸터앉아서는 계속 원투를 날렸다. 이후를 생각할 틈은 없었다. 숨이 차올라 죽기 직전까지 때렸다. 그 장면들도 모조리 중계되었을 것이었다.

"살려 줘! 살려 줘!"

전광판에 불과한 것이 비명을 질렀다. 뭘 살려 줘? 웃기시네. 너 같은 놈에겐 사치다, 이 새끼야. 지현은 생각했다. 한참을 휘두른 주먹에 염료가 가득 묻어 있었다. 마치 슈렉의 손처럼 보였다.

살려 달라고?

그거야말로, 매일 죽고 싶단 말을 달고 사는 지현 자신이 사실은 내지르고 싶었던 비명이었다.

주먹질을 하며 생각했다. 어린 시절에 대해. 살고자 했던 날들에 대해. 어린 나이에 상처받으며 봤던 모든 승리의 방법을 그대로 답습했음에도 자신에게만큼은 다르게 작동했던 세상에 대해. 왜 나에게만 이렇게 세상이 가혹한 걸까 억울해하고, 또 자신이 부족해서라며 자책했던 날들에 대해.

언제나 노력했었다. 부모의 이혼을 막으려 노력할 때도, 춤과 노래 연습을 할 때도, 데뷔 후 번 돈을 엄마에게 다 털릴 때도, 항상 친절하며 순수할 것을 강요받을 때도, 남들 다 하는 잘못을 저질러 괘씸죄로 추방당했을 때도, 생활고에 시달리는 자신에게 자꾸만 화류계의 손길이 닿았을 때도, 거리와 체육관과 편의점에서 사람들에게 손가락질을 당할 때도, 넌 나

없이 아무것도 아니라는 강승유의 말에 분노하지 않고 웃을 때도.

현지현이라는 책을 이루는 모든 페이지 중 단 한 페이지라도 자신이 원하는 내용을 기록했던 적이 있었나? 아니, 그렇지 않았다. 그럼에도 결국 이렇게 되었다. 결국 정정당당히 대결해야 하는 상대에게 저열한 열등감이나 들키는 미성숙한 인간쓰레기가, 수많은 대중 앞에서 더럽지만 공인된 성추행을 당하는 가여운 광대가, 그리고 마침내 높으신 분을 향해 주먹을 휘두르는 무뢰한이 되어 버렸다.

그저 무사히 살아남고 싶었던 것뿐인데!

그 순간 누군가 어깨를 잡아당기는 바람에 지현은 뒤로 벌러덩 넘어졌다. 양복 입은 거구의 남자였다. 100킬로는 족히 넘어 보였는데, 뻘뻘 흘리는 땀줄기에 초록 분장이 녹고 있었다. 무대 아래 있던 시장의 수행원인 모양이었다. 하, 이게 바로 체급의 위력인가. 격투기 종목에서는 무조건 체급이 깡패라는 말을 이렇게 직접 체험하게 될 줄이야. 거친 손길에 맥없이 몇 번을 더 나동그라진 지현은 간신히 일어나 엉거주춤 자세를 잡고서는, 자신의 얼굴을 향해 다가오는 주먹을 막으려 가드를 올렸다.

그러나 지현이 착각했던 것. 이 싸움은 정해진 룰 아래 이뤄지는 복싱 경기가 아니라는 점.

컥, 하고 숨이 막혔다. 배 속의 장기들이 제각기 비명을 질렀다. 침이 질질 흘렀다. 몸을 웅크리고 배를 내려다보았다. 벗은 배에 검은 구두 자국이 나 있었다. 반칙이야. 말하려는데 이번엔 두 손이 지현의 목을 졸랐다.

"이 개새끼야, 손 떼! 그년은 내가 죽일 거야!"

시장이 저쪽에서 외치며 기어 오고 있었다. 그러나 거구는 손을 풀지 않았다. 시야가 점점 좁아졌다. 공기가 들어오지 않았다. 숨이 턱 막혔다. 침이 질질 흐르는 게 느껴졌다.

이 모든 모습이 방영되어도 괜찮은 걸까. 아마 높으신 분들이니까, 괜찮을 거라는 사실을 잘 아시는 양반들이니 저러시겠지. 군중은 이 상황을 어떻게 받아들이고 있을까? 지현은 계속 궁금해하다가, 문득 말도 안 되는 생각을 했다. 그러니까, 차라리 여기서 죽는다면 아무런 번민과 두려움도, 힘듦도 겪지 않을 거라는 생각. 그리고 여기서 죽는다면 동정표라도 얻어 불운하고 가여운 여자애로 기억될 수 있을 거라는 생각.

방금까지만 해도 불끈대던 근육의 기세는 사라지고, 왜 그렇게 아등바등 살았지, 하는 맥없는 자조만 천천히 솟아났다.

죽음을 앞두면 주마등처럼 지난 삶이 스쳐 지나간다는 게 사실일까. 물론 겨우 이런 상황, 목을 조르는 이는 결국 자신이 죽기 직전쯤엔 손을 뗄 것이며— 아무래도 카메라도 있고, 시장도 자기 먹잇감을 채가지 말라며 발악을 하고 있으니— 심지어 좀비로 변화한단 시나리오조차 거짓이었던 상황에서 떠올리기엔 지나치게 비장한 말일지도 몰랐지만 지현은 정말로, 지금껏 살아왔던 모든 순간이 마치 아주 빠른 급행열차에 탄 채 스쳐야만 하는 간이역의 팻말들처럼 허무

하게 명멸하는 것을 눈앞에서 보았다. 너무나 빠르게 지나가서 팻말의 글씨도 알아볼 수 없을 정도였다. 쓸쓸한 간이역에는 사람조차 보이지 않고. 너무나 쓸쓸해서, 가령 이런 공상을 해 볼 수 있을 정도로.

방향을 잃고 굶주린 여행가 두 사람, 소년과 나그네. 몬스터가 득실대는 광야를 하염없이 헤매다 마침내 저 멀리서 철로와 역을 발견한다. 드디어 이곳을 벗어날 수 있다는 희망에 두 사람은 다 떨어진 신발과 주리다 못해 작열하는 듯한 고통을 호소하는 내장에도 불구하고 달리기 시작한다. 생존에 대한 욕구만이 그들을 작동시킨다. 그야말로 최후의 동력원이다.
몬스터들이 습격한다. 두 사람 중 조금 덜 힘들었던 쪽은 소년. 소년은, 이 습격을 벗어날 방법은 그저 나머지 한쪽을 광야에 버리는 것뿐이라고 생각하게 된다. 그는 한때, 모두가 풍족했던 때는 모두의 영웅을 꿈꿨던 전 시민의 소년. 그러나 지금 그의 사고 체계는 멀리서 구경하는 이들이 바라는 영웅서사와는 판이하다. 영웅, 개뿔, 개나 주라지. 남이 영웅이 되길 바라는 거대한 규모의 시민들은 대체로, 한없이 이기적인 자신의 죄를 그 영웅이 대신 짊어져 주길, 그리하여 그를 응원하는 것만으로도 면죄부를 얻길 바라는 이들. 그것은 잊힌 채 광야에 내동댕이쳐진 소년이 알게 된 이면이다.

소년은 단검으로 나그네의 발을 찌른 후 홀로 계속 나아간다. 마침내 역에 도착해 역무원을 찾는다. 역무원은 말한다.

이 역에는 그 어떤 기차도 서지 않습니다.

뭐라고요? 폐역은 아니잖아요?

맞습니다. 그러나 그 어떤 기차도 서지 않습니다.

저기 시간표가 붙어 있잖아요?

그렇습니다. 그러나 저 시간표는 완행의 것. 완행열차는 더는 운행되지 않습니다. 급행열차는 이 역을 지나칩니다.

왜죠? 여기서 타야만 하는 사람은 어떻게 하라고?

그것은 당신의 업보. 선하게 살았더라면 당신은 이

런 척박한 곳에 있지 않았을 겁니다.

선하게 살았어요! 누구도 해하지 않았다고요!

방금 동료를 버리고 오지 않았습니까.

하지만 그건 인과가 잘못됐잖아요. 당신 논리에 의하면 나는 선하게 살지 않았기 때문에 이 폐허에 떨어진 거죠. 하지만 아니에요, 나는 이유도 모른 채 이 폐허에 버려졌고, 살아야 하기 때문에 선하지 않은 일을 저지른 거라고요!

그러자 역무원은 씩 웃으며 대답한다.

그런 식의 정연한 사고는 멍청해야만 하는 당신에게 허용되지 않습니다.

순간 빵, 하는 소리와 함께 열차가 빠른 속도로 그들을 지나친다. 옷자락이 마구 펄럭인다. 열차 안의 승객들이 차창에 코를 박고서는 구경한다. 이 낡고 작은 역을 하나의 풍경으로 촬영하고 기억한다. 내릴 생각 없는, 내려질 확률 없는 땅.

그리고 지현은 문득 깨달았다.

내가 열차 안에 머문 채 주마등처럼 지나가는 밖을 바라봤던 게 아니야. 나는 역에 있는 사람이었어. 지나가는 건 열차였지.

명멸하던 것들은 간이역의 팻말이 아니라 빠르게 지나치는 승객들의 짓눌린 코들이고 자신은 그 어디로도 떠나지 못한 채 잊힐 것이었다….

"지금 뭐 하고 자빠졌냐!"

요란한 빡 소리가 났다. 폐로 차가운 산소가 밀려들었다. 목욕물처럼 묽은 눈물 콧물과 침이 지현의 얼굴에 난 온갖 구멍에서 줄줄 쏟아졌다. 간신히 정신을 차리고 눈을 비비고서 보니, 자신의 목을 조르던 거구가 얼굴을 바닥에 둔 채 처박혀 있었다. 지현은 그 누구도 아닌 자신의 먹이라며 달려들던 시장도 뒤로 주춤거리며 물러나는 중이었다.

쌈루타의 모습이 보였다. 그래, 뭐 하고 자빠졌냐는 그 목소리가 바로 쌈루타의 것이었다. 하여간 한국어는 거의 네이티브브라니까.

"새끼, 돼지라 푹신할 줄 알았더니 뒤통수에는 살이 안 쪘네. 아오, 딱딱해."

쌈루타가 경기용 트렁크 아래 앙상하게 드러난 정강이를 어루만지며 중얼거렸다. 그러니까 상황을 보아하니 지금, 자기 다리로 거구의 뒤통수를 후려갈긴 모양이었다. 아마 거구가 우뚝 서 있었다면 불가능했겠지만 복부를 맞은 채 바닥에 쓰러진 지현의 목을 조르기 위해 몸을 웅크렸으니 가격하기 퍽 좋은 높이에 있었을 터였다. 거구가 허겁지겁 일어나려 했으나 쌈루타는 높이 뛰어오르더니 이번엔 팔꿈치로 그의 정수리를 찍었다. 거구는 다시 엎어졌다.

쌈루타는 저쪽에서 꽁무니를 뺄 준비를 하고 있는 시장을 바라보았다. "저기, 저기, 왜 저를 보지요? 말로, 으응, 말로." 시장이 쌈루타 쪽으로 두 팔을 뻗은 채 뇌까렸다. 으음, 차라리 미리 등을 돌린 채 꽁지가 빠지도록 도망쳤으면 상황이 나았을 텐데. 쌈루타가 빠르게 달려가더니 오른 다리를 죽 뻗어 그의 배를 정면에서 찼다. 억 소리가 지현의 귀에도 들렸다. 대체 무슨 기술인지 지현은 알지 못했으나 상대가 다가오지 못하도록 데미지를 주며 거리를 유지하는 용도라는 건 무도인으로서 파악할 수 있었다. 으으음, 아니다. 상대가 무도인이라면 거리 유지의 용도겠지만 눈앞의 시장은 운동이라고는 잔머리 회전밖에 해 보지 않은 체형과 체력을 가지고 있었으므로, 그냥 그 기술 하나만으로 나자빠지는 게 당연했다.

쌈루타는 몇 번을 더 찼다―그 기술의 이름이 '딥'이고 다리를 이용한 기술 중 타격감이 가장 약한 것이라는 사실을 지현은 나중에 알게 되었다. 그러니까, 쌈루타는 종이 인간인 시장이 죽지는 않도록 나름대로 배려했던 거였다―. 그런데 시장은 헐떡이며 몇 번을 다시 일어섰다. 정말 대단한 집념이었다. 하긴, 그러니 한자리해 드시고 있었겠지.

그렇게 쌈루타가 시장을 농락하는 동안, 지현은 거구를 다시 맞닥뜨려야 했다. 역시 그는 괜히 수행원이 아니었다. 실은 머리도 능력도 시장보다 훨씬 좋은 이, 그러나 마트료시카의 안쪽에서 태어났기에 더 정교하고 커다란 마트료시카인 시장을 수행해야 하는 인물일 게 분명했다. 그는 민첩하고 능란하며 상황 판단이 빨랐다. 쌈루타 쪽으로는 눈길도 주지 않은 채 지현만을 깔아뭉개려 돌진하는 모습이 딱 그 증거였다. 아무래도 태양의 싸움꾼인 쌈루타에겐, 안 되겠다 여겼던 것일까.

그러나 나도 네가 생각하는 것처럼 멍청한 여자애는 아니야. 나약한 여자애는 더더욱 아니고.

팔꿈치나 정강이를 쌈루타처럼 써 볼까 했으나 기술도 모르거니와, 어엿한 복싱인으로서 곧 죽어도 복싱으로 승부하겠다는 이상한 오기가 생겼다. 발로 자신을 마구 차던 이를, 반칙 없이 오롯한 복싱으로만 이기고 싶어졌다. 직선으로 들어오는 거구를 오른쪽 사이드 스텝으로 피했다. 몸집이 커서 급소는 더 쉽게 보였다. 오른손 오버헤드 훅 한 번이 일단 필요했다. 물론 같은 체급이라면 그 훅만으로도 무너질 수 있겠으나 아무래도 거구에게는 조약돌처럼 느껴질 터였다. 하지만 그래서, 더 복잡하고 다양한 콤비네이션을 시도할 수 있었다. 그리고 틀어진 허리의 힘을 이용해 리버 샷, 맞고 움츠릴 때 다시 라이트 훅, 뒤로 물러서면 잽 두 번에 카운터, 이어서 상체를 잠시 숙였다 다시 또 리버 샷.

　리버 샷을 성공시킨 지 몇 분 만에 다시 이런 콤비네이션을 완성하다니. 자신이 해 놓고서도 어안이 벙벙한 공격이었다.

　거구는 완전히 쓰러졌다.

2부

니와 엘보,
킥과 딥

01

쌈루타는 자신의 두 딸이 모두 한국 연예인을 좋아한다고 말했지만 상당 부분 거짓이 섞여 있었다. 둘째는 그랬지만 머리가 굵어진 첫째는, 이젠 아니었다. 그 애는 탈덕했다. 정확히 말하자면 최애였던 연예인에게서가 아니라, 한국인들, 그 자체에게서 탈덕했다. 최애가 무참하게 추락할 때 그간 배운 한국어로 열심히 악플러들과 키보드 배틀을 뜨던 첫째는 서툰 맞춤법 탓에 조롱을 죽도록 당했고, IP 추적을 통해 태국에 적을 둔다는 사실을 발각당했으며, 이어진 혐오성 댓글과 린치에 치를 떨었다. 몇 년간 척 봐도 초보자 같은 외국인들에게 한 대 맞고 드러누운 연기를 엄마가 할 때마다 누적된 울분이, 활화산처럼 지속적으로 폭발했다.

한국에서 경기 제안이 왔다는 소식을 엄마가 전했을 때 첫째는 가장 먼저 파이트머니를 물었다. 듣고는 태어난 이래 가장 심한 욕을 하며 난리를 쳤다. 미쳤어? 절대 가지 마. 가서 들러리 설 일 있어? 그 애는 상대 선수의 이름조차 듣지 않고 계속 펄펄 뛰었다.

그러나 아직 한국 연예인을 좋아하던 둘째는 달랐고, 현지현이라는 이름 세 글자를 알아보았다. 언니의 마지막 최애였던 현지현. 한국 드라마는 좋아하지만 아이돌은 잘 모르는 엄마가 알 리 없던 군소 그룹의 탈퇴멤이었다.

둘째는 경기 상대의 정체를 엄마에게 먼저 알렸다. 언니는 현지현이란 이름을 듣고서는 반대했던 걸 미칠 듯 후회하리라, 그러나 엄마가 상의도 없이 독단적으로 결정했다고, 미안한 마음을 비춰 준다면 언니는 못 이기는 척 받아 주고 응원해 주리라, 하는 판단에서였다. 본인도 언니처럼 징글징글한 덕후라 잘 알았다. 덕질이란 티백으로 차를 우려내는 일과 같아서, 몇 번이고 우릴 수 있고 수만 번을 반복해도 미세한 알갱이가 남아 있기 마련이었다.

빙고, 설득 완료.

그렇게 자매는 엄마를 한국 땅으로 보냈다. 하필이면 그날부터 한국 땅에 좀비가 출몰하고 있다는 뉴스를 보고는 울부짖으며 죄책감에 휩싸였으나 강한 엄마는 결국 멀쩡히 돌아올 거라 믿었고, 그래서 결속력이 어마어마하게 강해졌다. 합심한 자매는 현지현이 진행하는 라이브 계정도 금방 찾아냈다. 엄마가 그 쥐똥만 한 여자애를 위해 좀비를 무찌르고 요리를 해 주는 장면을 다 지켜보았다. 그리고 엄마가 현지현의 핸드폰으로 촬영한 모든 장면들도, 다 보았다.

"엄마, 죽여 버려."

지현이 보일러를 끄는 장면까지 본 첫째가 이를 부득부득 갈며 쌈루타에게 라인으로 전화를 걸어 한 말이었다.

"진짜로 죽여 버려. 내가 그런 년을 좋아했다니. 그렇게 펑펑 울면서 쉴드를 쳐 줬는데. 미친년."

"하지만 경기가 취소될 거 같다는데. 방금 코치한테 연락 받았어."

"뭐?"

한국 시간으로 자정이었다. 쌈루타의 나라 시간으로는 밤 10시.

"코치가 그랬어. 지금 서울, 좀비가 거의 점령하고 있어서 내일 낮에 경기해 봤자 아무도 안 볼 거고 욕이나 먹을 거라고. 한국 협회 쪽 사람들이 반대하고 있나 봐. 아직 확실히 결정은 안 됐지만."

"열두 시간 후에 경기가 있는데 아직 결정이 안 됐다고?"

"지금 계속 토론 중이래. 자기들끼리 술 마시면서."

"좀비가 다니는 와중에도 술을 마신다고? 지인짜 한국인답다. 그리고 술 마시면서 토론이 돼? 근데 좌우지간, 정작 엄마는 어떡하고? 엄마는 지금 출국도 못 하잖아!"

"괜찮아. 엄마는 여기서 돈 벌다 갈게. 우리 딸들 나 없이 잘 살 수 있잖아."

"아, 뭐래."

첫째는 자신이 감정을 잘 숨기고 쿨한 척에 능한 줄로 착각하고 있었다. 실제로는 몹시 투명하면서. 그리고 쌈루타는 첫째가 그 착각을, 일종의 순수함을, 쌈루타 자신이 세상을 떠날 때까지 잃지 않기를 바랐다.

"코치 아저씨가 아까 그랬는데, 한국 선수가 비호감이 된 게 생각보다 큰 문제래. 한국 선수가 호감형이라면 이 판국에도 잘 팔릴 텐데, 이미 사람들이 너무 미워하는 캐릭터… 그래서 호응이 없고 적자나 안 나면 다행이라 하던데. 그래서 취소 쪽으로 가닥이 잡히나 봐."

쌈루타가 말하자 첫째가 별안간 무언가 깨달았다는 듯 아! 하는 탄성을 내질렀다. 예전부터 잘 알던 논리라고 했다. 새로 혐오할 대상을 눈 뒤집혀 찾는 그 인간들, 너무나 익숙하다고. 그래서 묘안이 떠올랐다고.

첫째는 자신의 아이디어를 엄마에게 귀띔했다. 한국 쪽 협회를 찾아가서, 판을 뒤집을 방향을 슬쩍 제시하라는 것이었다. 좀비가 대세이니 좀비로 성장하는 소녀 아이돌을 전시하면 흥행할 거란 전략을 제시하며 들쑤셔 보라고. 혹시 상대가 의심할지도 모르니, 열심히 피부를 칠해 엄마는 이미 좀비가 된 척하라고도 했다. 열심히 인터넷을 뒤져 '그럼에도 불구하고' 영업하고 있는 화방의 위치를 알려 준 것도 첫째였다.

쌈루타는 아침에 스파를 나가 물감을 샀다. 그는 빈약한 재료를 가지고 그럴듯한 결과물을 만들어 내는 것에 재능이 있었다. 스파에서 끼니를 준비하던 때처럼.

자신이 설계에 일조한 영동대로의 대형 무대에 난입하기로 결심한 이유는, 절대로 인류애나 포용하는 마음 때문은 아니었다. 그보다는 잘 단련된 동체 시력 덕분이었다고 하면 될까.

일단 쌈루타는 자신에게는 묵례조차 하지 않고 황급히 지나가는 시장의 귓바퀴 뒤로 초록색 땀이 흐르는 걸 이미 보았다. 그리고 그에게 심판 셋이 굽신대며 허리를 굽히는 것 또한 목격했다. 보통 다국적 복싱 경기에서는 심판 셋의 국적을 적절히 섞어야 하지만, 알고 보니 이번 심판은 모두 한국인이었다. 의도가 너무나 분명했다. 자신은 아무리 잘 싸워도 질 들러리였다. 첫째가 원하는 것처럼 현지현을 죽기 직전까지 두들겨 패지 않는 이상은.

그러나 그래야 하나. 의문이 들었다. 물론 지현이 자신에게 큰 잘못을 했으나, 원래 사람은 누구나 걷잡을 수 없는 감정에 휩싸여 실수를 하기 마련이다. 게다가 쌈루타가 보기에 아직 20대 초반인 지현은 어려서 생각 짧은 애새끼 그 자체였으니. 속내가 손바닥 위에 둔 손오공처럼 빤히 보였다. 물론 나름대로 당황스러운 요괴이긴 했지만. 자신의 딸들도 그 나이가 될 때까지 그런 식으로 실수를 할 터였다. 어린 시절의 자신도 마찬가지였다.

그렇게 생각하며 무대 위에서 벌어지는 작태를 관망하고 있는데, 초록색 땀을 흘리는 가짜 좀비가 지현에게 혀를 날름대는 꼴까지 보고 말았다.

그걸 그냥 넘길 수는 없었다.

이유 하나. 어려서부터 새벽마다 맨발의 승려에게 공양하며 불심을 쌓아 왔던 쌈루타는, 어디서든 잘못되거나 가여운 장면을 묵인하는 순간 윤회의 수레바퀴에 쌓일 업보를 걱정하며 살아왔다. 착하고 정의로운 척이 아니라 자신을 위해서였다. 더 나은 삶을 위해서. 첫째는 언제나 그런 엄마를 속 터져 했지만, 그러나 그 아이도 언젠가는 알 거였다. 남을 미워하는 것보다, 내 미래의 안위를 위함이라고 합리화하며 보살피는 게 더 마음을 편안하게 한다는 사실을.

이유 둘. 그 방아쇠는 수없이 훈련한 새도 덕에 이미지 트레이닝에 능했기 때문에 당겨졌다. 쌈루타는 자기도 모르게 자신의 두 딸을 지현의 자리에 놓아 보았고, 그러니 견딜 수가 없어진 것이었다. 사람들이 다 보는 앞에서 사기꾼 중년 남성이 토끼 같은 딸들의 목을 핥는다는 상상을 하자마자 저절로 몸이 나갔다. 원래 공격이든 방어든 원체 오래 훈련하면 생각보다 몸이 먼저 반응하기 마련이었다.

그리고 무엇보다 막강한 이유 셋.

쌈루타는 스포츠 선수로서의 자신이 얼마나 대단한지를 최대한 많은 관중에게, 하늘을 나는 지미집 카메라에 꼭 보여 주고 싶었다. 마침 지금 지현이 진퇴양난의 상황에 빠져 있고 카메라도 온에어로 돌아가는 상태였다. 같은 앵글에 지현이 함께 들어온다면 방송사에서 결코 쌈루타만을 잘라 낼 순 없을 거였다. 쌈루타는 확신했고, 두 딸에게 자신의 멋진 장면을 보여 주고 싶었다. 그리고 거구는 입맛에 딱 맞는 상대였다. 심지어 아까 무대 아래서 얼마나 손깍지를 꺾으며 허세를 부려 대던지, 진심으로 한 대 치고 싶었으니 잘된 기회였다.

열심히 남자 둘을 조저 놓고 쌈루타는 붉은빛이 들

어온 중계 카메라를 향해 환하게 미소를 지어 보였다. 그리고 뒤늦게, 시장 일행이 좀비 행세를 하며 자신들을 대대적으로 기만했음을 깨달은 좀비들이 분개해 무대로 뛰어들기 시작했다.

★ ★ ★ ROUND ★ ★ ★

3부

스텝과 클린치

대단한 난장 덕에 지현과 쌈루타는 인적이 드문 코엑스 실내로 몸을 피할 수 있었다. 물론 모든 좀비가 그들의 편이었던 건 아니어서, 일부는 이 기회에 지현의 몸을 만져 보려 달려들기도 했다. 그러나 이제 지현은 리버 샷에 익숙해졌다. 세상에, 한 번도 써먹지 못했던 기술을 오늘 하루 동안 특기로 만들어 버리다니. 역시 실력 향상에는 반복 훈련만이 해답이었다.

물론 그 좀비들이 대부분 이미 쌈루타의 정강이나 엘보를 맞고 비실비실해진 상태라 쉽긴 했지만. 아무리 눈감고 싶어도 도저히 무시할 수 없는 도움이기는 했다.

한 군데에 머무르면 좀비들이 달려들었기 때문에 두 사람은 계속해서 뜀박질하며 코엑스 내부를 누볐다. 둘 다 폐활량과 체력에는 일가견이 있었기에 따라붙는 이들을 금세 떨쳐 낼 수 있었다. 좀비나 좀비가 아닌 모든 관객들도. 이러니저러니 해도 이제는, 둘뿐이었다. 게다가 코엑스는 너무나 복잡해서 몇 번을 다른 길로 돌아도 계속해서 별마당도서관이 나왔다. 별마당, 별마당, 또 별마당이었다.

"근데 왜 우리 여기서 계속 돌아다녀?"

지현이 물은 것은 별마당을 열일곱 번째 마주했을 즈음이었다.

"그냥 밖으로 나가면 안 돼? 어차피 우린 발각 안당하려고 도망 다니는 거 아니었어? 좀비에게도, 사람에게도."

"사람?"

"초록색 물감 칠한 사람들. 그리고… 네 코칭스태프들. 내 관장."

끌려간 승유가 어디로 사라졌는지는 모르겠으나 지금은 배신감이 훨씬 컸다.

"다 우리를 도와줄 일은 없는 사람들이잖아."

"그렇게 따지면 그건 너도 마찬가지야. 네가 내 편은 아니잖아. 네가 말한 사람들 중에서, 네가 나를 제일 악하게 괴롭혔어."

쌈루타가 말했고 지현은 잠시 숨이 턱, 막혔다. 물론 힘들어서는 아니었다. 쌈루타의 말이 더할 나위 없이 정확했기 때문이었다. 그런데 그러면, 현지현에게는 도대체 어떤 것이, 그 누가 남는단 말인가?

아아, 그래. 지현은 울고 싶어졌다. 결국 대답할 것은 딱 한 가지. 지치지도 않고 매일 해 왔던 생각, 내뱉던 말이었다. 독과 같은 문장. 뿌리가 뽑히지 않는 곰팡이 같은 소망.

"그래, 그럼 차라리 죽여 줘, 벌로."

"뭐?"

"죽여 달라고. 남들 말하는 대로 쓰레기 같은 인간인데 너무 오래 살았어. 이젠 진짜로, 진짜로 그만하고 싶다. 너라면 해 줄 수 있잖아? 때려서 나 죽이는 거, 너한테 어려운 일도 아니잖아?" 복싱 룰만으로는 좀 힘들 테지만 무에타이로는 충분히 가능할 것이다. 팔꿈치와 무릎과 정강이로. "그냥 죽여 줘라, 응?"

그때 질량을 가진 잔상 비슷한 무언가가 획, 지현의 광대로 달려들었다. 지현은 저도 모르게 머리를 옆으로 돌려 피했다. 쌈루타의 주먹이었다. 손을 거뒤들인 쌈루타가 어이없다는 표정을 하고서 자신을 노려보고 있었다.

"뭐? 죽고 싶어? 웃기시네, 내가 본 선수 중에서 방어가 제일 빠르구만. 살고 싶어 안달이 났는데 무슨."

그러더니 말하는 것이었다.

"정말로 죽고 싶으면, 너 좋아하는 그놈의 라이브로 직접 보여 주면서 싸우자고. 왜? 첫 번째, 네가 직접 죽여 달라고 했다는 증거가 있어야지. 두 번째, 공짜로 경기하고 싶지는 않아. 나도 그 경기로 한몫 챙겨야 할 거 아니야. 설마 대전료도 안 주고 나를 착취하려고?"

"절대 아니야!" 지현은 소리쳤다. 착취? 있을 수 없는 일이었다. 아무리 나락으로 떨어졌다 하더라도 그런 인간만큼은 아니었다. "라이브 좋아! 대전료는… 어차피 죽을 거니까 ATM에서 뽑아서 주면 되겠지!"

"그래, 그럼 라이브 틀자. 근데 네 핸드폰 어디 있는데? 네 계정으로 해야 사람들이 많이 볼 거 아니야?"

그래. 핸드폰. 핸드폰이 어디 있더라? 지현은 바지춤을 만지작거렸다. 경기복에 주머니가 없는 게 뻔한데도. 그새 둘은 별마당도서관을 스물한 번째 지나는 중이었다. 이제 조금씩 근육이 당겨 왔다.

쌈루타가 지현의 핸드폰으로 스파에서의 그 모든 만행을 찍었다는 사실은 잊지 않고 있었다. 스파에 왔던 승유가 말했던 대로. 그런데, 그 후로 핸드폰을 찾으려는 노력은… 하지 않았다. 승유가 함께였으니까. 승유가 다 해 줄 거였으니까.

"그 핸드폰이 어디 있는지 나는 아는데." 쌈루타가 말했다. "그래서 말인데, 혹시 마라톤도 뛸 줄 알아?"

씨발 당연하지, 라고 지현은 당연히 뛰어 본 적 없

으나 당연히 대답했다. 사실은 대체 왜 사서 그런 고생을 하는지 전혀 이해할 수 없는 대표적 종목이었지만. 차라리 죽도록 맞는 게 낫다고 말하곤 했지만. 그러자 쌈루타는 지현의 옷소매를 잡아끌었다.

"뛰다 보면 춥지도 않을 거야." 확언하면서. "우리는 지금, 레드불 스파로 돌아가는 거야. 거기 네 핸드폰이 있거든. 내가 숨겨 뒀어. 그리고 거기 아니면 우리가 딱히 안전하게 머물 곳도 없지."

"좋아."

지현이 호기롭게 대답하자 쌈루타는 말했다.

"참고로 스파까지 거리는 27킬로미터야. 하프마라톤보다 조금 더 길지."

＊

서울 길거리를 이토록 자유로이, 그 누구의 눈치도 보지 않고 누빈 것이 언제였던가. 막상 맘먹고 달리기 시작하니 좀비는 무섭지 않았다. 어쨌거나 지현과 쌈루타는 운동선수였고, 그 어떤 좀비보다도 빨리 뛸 수 있었으니까. 한 10킬로미터까지는 감상에 젖어 눈시울이 조금씩 달아오르기까지 했다. 쌈루타가 선사할 죽음을 향하여 생명력을 다해 질주한다는 상황이 우스웠지만, 제법 그럴싸한 멋을 풍기는 것만 같았다. 정확한 지리는 둘 다 몰랐으므로 일단 한강으로 진입했다. 강바람이 거셌지만 왠지 모르게 신이 나서, 지현은 사오정처럼 입을 벌린 채 우아아아, 소리를 내며 뛰었다. 귀가 떨어져 나갈 것만 같은 추위 속에서도 앞서 가는 쌈루타의 두피를 보며 얼마나 머리가 시릴까 상상하니 웃음이 가시지 않았다.

으음, 적어도 동작대교 정도까지는 그랬다. 그러나 어느 순간 귓바퀴 뒤쪽에서 무언가 달그락거렸다. 한 발짝씩 내디딜 때마다 그 박자에 정확히 맞춰 거슬리는 소리를 내고, 또 목덜미를 찔러 댔다. 이 딱딱한 무언가가 설마 슬금슬금 빠져나가기 시작한 내 생명줄일까? 이제 와서? 추위와 피로로 심신이 혼미해진 지현은 엉뚱한 상상을 하며 손을 그쪽으로 뻗었다. 아아, 무언가 바삭바삭한 것이 만져졌다.

"와우, 머리가 땀에 젖어서 얼었네."

쌈루타가 속도를 줄이며 옆으로 붙더니 말했다. 지현은 그제야 자신이 턱을 미친 듯 떨며 딱딱 이를 부딪고 있다는 사실을 깨달았다.

"야."

그리고 자신이 하고 싶은 말이 딱 한 가지라는 사실도.

"추워서 죽을 거 같아. 나 살려 줘. 살려 달라고."

*

그래서 둘은 택시를 탔다. 역시나 택시는, '그럼에도 불구하고' 운행하고 있었다. 어마어마한 요금은 지현이 냈다.

02

지현은 스파의 전기가 끊기지 않았다는 사실을 알았다. 쌈루타 없이 화장을 하던 그 탈의실에서, LED 시계의 붉은 숫자를 본 기억이 생생했기 때문이었다. 그래서 스파에 도달하자마자 일단 보일러실에 돌진해 레버들을 모두 올렸다. 보일러 돌아가는 소리가 웅웅 울렸다. 다시 뛰쳐나온 지현은 스파 안 곳곳에 성실히 숨어 있던 좀비들에게 당장 나가라고, 몇 분만 있으면 당신네들 다 녹아 없어질 거라고 엄포를 놓았다. 고집을 부리는 좀비들은 쌈루타가 냅다 기절시켰다. 그러고서는 지현과 팔다리를 각각 들고 영차 영차 옮겨 골목 어귀에 던져 놓았다.

얼추 사위가 조금 조용해진 것 같자 마침내 쌈루타가 핸드폰을 숨긴 위치를 자백했다.

"여기에다가 숨기는 건 좀 치사하다고 생각하지 않냐…."

지현이 중얼거렸다. 그래, 차려 주는 것 퍼먹기만 하는 모습을 보며 지현이 절대로 이곳은 뒤질 수 없으리라 확신했겠지. 쌈루타가 지현의 핸드폰을 숨긴 곳은 매점의 낡은 냉장고 안이었다. 그곳에서 방금 찾아낸 핸드폰의 차가운 액정에 습기가 방울방울 붙었다. 지현은 렌즈를 옷깃으로 쓱쓱 문질러 닦았다. 다행히 배터리는 아직 방전되지 않고 살아 있었다.

"라이브 켜, 얼른. 싸워야지. 죽고 싶다며. 해야 할 일은 빨리 해치우는 게 좋… 아이, 뭐야!"

쌈루타가 소스라치며 팔다리를 마구 펄럭거렸다. 얼떨결에 맞은 좀비가 드러누운 채 씨근덕대고 있었다. 아아, 아직도 다 찾아 쫓아내지 못한 모양이었다. 지현은 한숨을 쉬었다. 좀비들은 정말이지 곳곳에 성실히 숨어 있었다. 아마 수건을 쌓아 놓은 창고에도 두엇 웅크리고 있을지 몰랐다. 그러다 비명을 지르며 녹아나는 것이지. 곧 몰려드는 기척이 느껴졌다. 맙소사, 마치 오징어 다리 떨어뜨리면 있는 줄도 모르던 집개미들이 까맣게 달려드는 것처럼, 그렇게 좀비들이 관절을 꺾으며 몰려오는 중이었다.

"뭐야, 왜 이렇게 많아⋯."

보일러가 방금 작동하기 시작했으나 훈기가 돌 때까지는 꽤 시간이 필요할 텐데, 그때까지 버틸 수 있을까? 물론 이제 좀비를 물리치는 기술 정도는 얼추 익숙해졌지만 문제는 체력이었다. 긴 거리를 뛴 후 몇십 명의 좀비를 나르는 웨이트까지 했는데 이제 다시 스파링이라? 제아무리 저세상 체력인 두 여자라도 한계가 있지, 다 해치우고 나면 서로와 싸울 기력은 남지 않을 게 분명했다. 힘 다 빠져 흐물흐물한 몸들끼리 하는 싸움이 무슨 재미가 있겠는가.

쌈루타가 옆에서 뭐라 중얼거렸다. 아마도 자국어 욕이 아닐까. 뉘앙스만 들어도 알 수 있었다. 젠장, 약

해지는 척하지 말고 나 좀 책임지라고, 여기 오자고
한 건 너잖아. 지현은 타박하려 들다가 땀을 훔쳤다.
아아, 만약 좀비가 된다면 더는 샤워를 못 할 텐데. 아
무리 발버둥 쳐도 결국엔 좀비 엔딩이라면 그 전에
뻑적지근한 목욕재계라도 하고 싶은 마음이 들었다.
그러자, 번득 아이디어 하나가 떠올랐다.

"야."

엉? 쌈루타가 돌아보았다.

"덥지 않냐?"

*

벽을 제외한 삼면을 좀비들이 도열해 둘러싸고 있
었으나 누구도 반경 2미터 내로 접근할 엄두는 내지
못하는 듯했다. 관중도 있겠다, 정말 신나는구먼. 지
현은 그들의 수를 세고는, 자신의 데뷔전 자리에 있
던 관중보다 배는 많다는 사실을 깨달았다. 이 정도
숫자라면 비인기 종목으로서는 대단히 흥행한 편이

었다. 게다가 수가 점점 늘어나고 있었다. 지현으로서는 알 수 없는 통신 수단이라도 있는 것인지. 녹는 게 두렵지도 않은지.

지현은 환풍구에 올려놓은 핸드폰의 각도를 확인했다. 잘 나오고 있었다. 잔뜩 모인 좀비 관중도, 그리고 그들이 응시하고 있는 대상이자 지현과 쌈루타가 서 있는 곳인 사각의 링도.

라이브를 켰다. 역시, 대중 앞에서 현 서울 시장을 두들겨 패고 실종된 두 여자의 행방을 궁금해하는 이들이 몹시 많았던 모양이었다. 시청자 수가 가파르게 늘어났다. 그리고 댓글도, 읽지 못할 만큼 빠르게 올라갔다.

지현은 발가락을 꼬물거렸다. 이미 주름이 쪼글쪼글 지기 시작하고 있었다. 쌈루타는 천연덕스레 히, 웃으며 렌즈 앞에서 브이를 흔들어 댔다. 그러고는 무언가 생각난 듯 벽 쪽에 단단히 붙어 있던 팻말을 낡은 타일째 떡하니 뜯어 와서는 렌즈에 비추었다. 하여간 힘은 대단한 위인이었다.

그것이, 그 어떤 대중에게도 침범당할 수 없는 두 사람의 링이었다.

*

두 사람은 카운터 구석에서 찾아낸 새 때 타월 네 개를 글러브 조로 두 개씩 나눠 끼었다. 그러고는 마주 본 채로, 턱을 빳빳이 들었다.

"경기 전, 마지막으로 하고 싶은 말은?"

지현이 외치자 쌈루타는 더 큰 볼륨으로 소리 질렀다. 한 번은 자국어로, 이어서는 한국어로.

"우리 딸들 사랑해. 엄마가 이기고 돌아갈게. 엄마 갈 때까지 학교 빠지지 말고, 핸드폰 많이 하지 말고,

할머니 말씀 잘 듣고, 울지 말고."

그러고선 지현에게 물음을 돌려주었다. 자, 이번엔
한국의 현지현 선수. 하고 싶은 말은?

그러게, 하고 싶은 말이 무엇일까.

원래의 지현이었다면 할 말 따위 없다며 고개를 저
었을 거였다. 맨날 왜 내가 아직도 죽지 않았나, 만 생
각하고 있는 인간이 무슨 대단한 포부를 밝히겠는가.
게다가 이 자리엔 조작된 희망을 말하게끔 강요할 소
속사도 승유도 그리고 징그러운 아저씨들도 없었으
니, 최선을 다해 '시니컬한 현지현'을 전시할 수 있었
다. '됐고, 대충 시작해' 그런 식으로 손을 저으며 무
심한 척할 수 있었다.

그러나 냉탕에 선 지현은 불어 터진 발가락을 꼬물
대다가 퍼뜩, 자신이 실은 이미 익히 알았으나 애써
모른 체하고 있었던 진실을 시인하기로 마음먹었다.

"저는 지금까지 열심히 살았습니다."

그냥 열심히도 아니고.

"꼴사납게 열심히 살았습니다. 살고 싶지 않다고 말하면서도 사실은 존나게 열심히 살았어요."

'존나게'라는 워딩을, 소속사였다면 당연히 잘랐을 터이고 승유의 경우에도 질색했을 터였다. 그러나 이제는 말할 수 있었다. 솔직히 자신은 정말 존나게 생존했다, 그게 존나게 죽고 싶었던 이유이기도 했다.

"그리고 이 상황에까지 왔어요. 솔직히 제가 겪었던 것들 다 말씀해 드리고 싶어요. 하지만 이 채널에 들어오신 분들은 그걸 바라신 게 아니겠죠? 그러니까 닥칠 거예요. 닥치고 싸우기만 할 거예요."

다만 말하고 싶은 것이 있었다.

"다만 만약 제가 이긴다면… 아, 아니지. 여기 심판 자체가 없구나. 그래요, 만약 제가 괜찮은 경기를 한다면. 그렇다면 꼭 이 채널에서 나가지 말고 제 얘기 다 듣기예요. 알겠어요? 믿을게요. 진짜로 다. 난 하고 싶은 이야기들이 정말 많았어요…."

죽는다면 하지 못할 이야기.

"그러니까 다 봐 주세요. 이 광경을."

지현은 말하며 두 손을 뻗었다. 쌈루타가 다가왔다. 이태리타월을 낀 네 개의 손이 서로 마주 닿았다. 라운드 원! 어디선가 좀비 하나가 소리를 질렀다. 별로 뭉개질 일도 없을 정도로 짧은 문장이었기에, 귀에 잘 들어와 박혔다.

브라톱과 트렁크 차림의 두 사람이 서로에게 달려들었다. 허벅지께에서 물보라가 빠르게 일었다.

작가의 말

　복싱을 시작한 지 이제 만 11년 정도가 되었다.

　2년 전쯤엔가. "이제 복싱 얘긴 너무 많이 써서 정말 그만 써야겠어요"라고 여기저기서 투덜거린 적이 있었다. 동료 작가나 편집자였던 이들이 그 말을 듣고서 보인 반응은 한결같았다.

　"아니요, 절대 아니죠. 작가님이 복싱 얘기 안 쓰면 누가 써요. 작가님만큼 복싱 얘기를 자세하게 쓸 수 있는 사람이 어디 있는데요?"

　뭐… 바로 설득당했다. 나는 나더러, 손끝으로 눌러 죽여도 죽여도 다시 출몰하는 끈질기고 사소한(적어도 사람을 잘 물지는 않으니) 해충이란 자조에서 나온 '문학계 권연벌레'란 별명을 붙이곤 하는데 사실 요새 그것보다 밀고 있는 것은 '문학계 불주먹'이란 허세니까…. 적어도 지금 한국에서 활동하는 소설가 중 11년간 주 열두 시간 이상 복싱을 수련했던 사람은 없을 것 같으니까….

복싱과 닮은 듯 사뭇 다른 무에타이를 배우기 위해 태국으로 향한 것은 2023년 12월의 일이었다. 치앙마이 시티 인근의 쌘깜팽이라는 시골에 있는 체육관에서 숙식하며 두 달을 꽉 채워 운동했다. 오전 6~8시, 오후 4~7시. 월요일부터 토요일까지 매일 하루 다섯 시간 동안 운동하는 루틴이었다. 각국에서 무에타이를 배우겠다며 온, 눈깔이 나처럼 살짝 돌아 있는 이들이 새벽마다 가로등도 없는 길을 랜턴 든 채 들개에게 쫓기며 뛰고, 모기와 개미가 판을 치는 숙소에 머물고, 함께 체육관 청소를 했다. 등록한 첫날 내 자세를 보고 현지인 코치들은 바로 혀를 찼다. "복서구만. 너무 복서야." 그러고는 (무에타이 기준으로 잘못된, 그러나 복서로서는 너무나 당연한) 자세 몇 가지를 고쳐 주려 애를 썼다. 하지만 잘되지 않자 회초리를 들고 마구 역정을 냈다. 두 달의 여정이 다 끝나갈 즈음에야 나는 비로소 가슴을 향해 힘껏 당겨진 턱을 다시 들고 제법 무에타이 흉내를 낼 수 있었는데, 물론 서울의 복싱 체육관에 돌아온 하루 만에 무효로 돌아갔다….

어쨌거나 이 소설은 복싱과 무에타이라는 두 종목에 대한 내 애정의 집합체이며 동시에 강한 여자(그러나 계속 자신의 가치에 대해 고민하고 때론 회의하는, 즉 '본 투 비 파이터'는 아니었던) 둘이서 멋지게 싸우는 장면을 보고 싶었던 욕심의 결과이기도 하다.

모쪼록 즐거운 시간을 보내셨다면 바랄 나위가 없겠다.

2025. 설재인

레드불 스파

초판 1쇄 인쇄	2025년 2월 9일
초판 1쇄 발행	2025년 2월 12일

지은이	설재인

총괄	김명래
책임편집	김명래
디자인	studio forb
책임마케팅	최혜령, 박지수, 도우리
마케팅	콘텐츠 IP 사업본부
해외사업	한승빈

경영지원	백선희, 권영환, 이기경, 최민선
제작	제이오
교정.교열	김정현

펴낸이	서현동
펴낸곳	㈜오팬하우스
출판등록	2024년 5월 16일 제2024-000141호
주소	서울시 강남구 테헤란로 419, 11층 (삼성동, 강남파이낸스플라자)
이메일	info@ofh.co.kr

© 설재인 2025

ISBN 979-11-94293-93-4 (03810)

한끼는 ㈜오팬하우스의 출판브랜드입니다.